옥단춘전
헌신짝처럼 버린 의리 한결같은 사랑으로 응징하다

KB012484

20

옥단춘전

헌신짝처럼 버린 의리 한결같은 사랑으로 응징하다

전국국어교사모임 기획·고용우 글·경혜원 그림

Humanist

'국어시간에 고전읽기' 시리즈를 펴내며

고전을 읽어야 한다는 가르침은 어릴 때부터 귀가 따가울 만큼 들었다. 그러나 몸소 이를 따르는 사람은 흔치 않다. 종종 고전을 가까이하는 사람들이 있는데 이들은 대체로 삶을 헛되이 보내지 않고 훌륭한 일을 이루어 세상에 뚜렷한 이름을 남겼다. 고전 안에 그만큼 값진 속살이 들어 있기 때문이다.

고전이 이처럼 깊은 가치를 지녔는데 어째서 고전을 읽는 사람은 흔치 않을까? 아마도 고전이 사람을 쉽게 끌어당겨 주지 않기 때문일 것이다. 고전은 우리에게 섣불리 손짓을 하지도, 눈웃음을 치지도 않는다. 고전은 끈기를 가지고 파고들어 오는 사람에게만 마지못한 듯이 웃음을 지으며 속내를 털어놓는다. 고전은 요즘보다 훨씬 무뚝뚝하던 옛날에 이루어진 삶이며 글이기 때문이다.

그래서 우리는 청소년들이 고전을 즐겨 읽을 수 있도록 마음을 다했다. 뻣뻣하고 까칠한 고전을 달래서, 부드럽고 친절하게 청소년을 끌어당기도록 손을 쓰고 공을 들였다. 멋없이 무뚝뚝하던 고전을 정성껏 매만져서 두 팔을 활짝 벌리고 청소년들을 끌어안을 수 있도록 탈바꿈했다.

고전은 이제 온전히 겉모습을 바꾸어 청소년들을 맞이할 것이다. 자칫 속살까지 탈바꿈한 것처럼 보일지 몰라도 책을 읽다 보면 예스러운 고전의 맛과 멋을 한껏 느낄 수 있을 것이다. 우리는 무엇보다도 고전이 고전다운 속내와 뼈대를 온전하게 지니도록 하는 데 힘을 쏟았다.

고전은 시공간을 뛰어넘고, 나라와 겨레를 뛰어넘어 세상 모든 사람에게 큰 울림을 준다. 《시경》, 《탈무드》, 《오디세이아》, 셰익스피어와 괴테의 작품이 세상 모든 이에게 가르침을 주듯이, 우리의 고전도 모든 이에게 값진 가르침을 줄 것이다. 가르침이 서로 다르기는 하지만 높낮이가 있는 것은 아니다. 그러므로 세상 고전을 두루 읽어야 하는 것이나, 우리는 우리네 고전부터 읽는 것이 마땅한 차례다.

이런 뜻으로 전국국어교사모임에서 '국어시간에 고전읽기' 시리즈를 펴낸 지 십 년이 되었다. 누구나 두루 즐기며 읽을 수 있도록 쉽게 풀어 쓰고 맛깔나고 재미있는 작품으로 재창조하려고 무던히도 애썼다. 다행히도 많은 독자로부터 분에 넘치는 사랑을 받았고, 우리 고전을 가까이하고 즐기는 청소년들이 많이 늘어 고마울 따름이다.

지난 십 년처럼 묵묵하게 이 시리즈를 이어 갈 생각으로 첫 마음을 되새기며 글과 그림을 더하고 고쳐 좀 더 새로운 얼굴의 우리 고전을 세상에 다시 내놓으려 한다. 이 책을 통해 우리 청소년들이 풍성하고 가치 있는 고전의 바다에 풍덩 빠질 수 있기를 기대해 본다.

2012년 11월
전국국어교사모임

《옥단춘전》을 읽기 전에

대중가요의 가사나 소설을 보면 거의 대부분 사랑 이야기를 담고 있습니다. 사랑의 기쁨과 애달픔, 기대와 좌절, 이별의 아픔과 그리움 등 사랑과 무관한 작품이 거의 없을 정도라고 할 수 있지요. 그러나 이것은 오늘날만의 특징이 아닙니다. 옛날부터 이야기나 노래가 사랑을 주제로 하고 있다는 것은 잘 알려진 사실이지요. 때로 중심 이야기는 다른 것일지라도 사랑 이야기를 곁 이야기로 담고 있는 경우도 많습니다. 그만큼 사랑, 특히 남녀 간의 애정 문제는 삶에서 중요하고 흥미 있는 요소라는 의미겠지요.

고전 소설 중에도 사랑 이야기를 담고 있는 작품이 많습니다. 사랑 이야기로는 뭐니 뭐니 해도 《춘향전》이고, 《구운몽》이나 《채봉감별곡》, 《운영전》이나 《금오신화》 같은 작품에서도 사랑 이야기가 매우 중요하게 다루어지고 있어요. 《옥단춘전》은 《춘향전》이나 《금오신화》만큼 잘 알려진 작품은 아니지만 사람들에게 꽤 많이 읽힌 고전 소설이랍니다. 《옥단춘전》은 《춘향전》을 모방한 작품이라는 이야기도 많이 듣습니다. 하지만 실제 작품을 읽어 보면 《춘향전》과는 많이 다른 내용을 담고 있습니다. 《옥단춘전》에는 어떤 사랑 이야기가 등장하는지 《춘향전》과 서로 비교해 보며 읽는 것도 흥미 있을 겁니다.

조선 시대의 문학 작품 중에는 기생과 관련된 작품이 꽤 많습니다. 작가 자신이 기생 신분이었던 경우는 황진이를 꼽을 수 있겠지요. 그밖에도 홍랑이나 매창처럼 한시나 시조로 유명한 기생이 꽤 많아서 우리 고전 문학에서 큰 비중을 차지한답니다. 그리고 이렇게 직접 작품을 쓴 경우뿐만 아니라 이야기로 전해지는 기생도 많고, 작품 속 주인공으로 등장하는 기생도 많습니다. 춘향은 기생의 딸로서 자신이 기생이 되어야 할 처지에 있고, 《채봉감별곡》에서 채봉은 아버지를 구하기 위해 기생이 되지요. 옥단춘도 기생이랍니다. 채봉과 옥단춘은 기생으로서 서로 비슷한 소망을 드러내기도 하지만, 살아가는 모습은 저마다 다르답니다. 옥단춘은 어떤 인물일까요? 옥단춘을 통해 우리는 또 하나의 새로운 인물 유형을 발견할 수 있을 것입니다.

고전 소설 중에는 이본이 많은 작품도 있고 판본마다 내용이 조금씩 다른 경우도 있어요. 그런데 《옥단춘전》은 필사본과 활자본 등 몇 가지 판본이 있지만 내용은 거의 비슷하답니다. 지은이가 누군지 알 수 없고 지은 시기도 정확히 알 수 없는데, 18세기 말이나 19세기 초쯤으로 추측합니다. 하지만 확실하지는 않고, 당시에 꽤나 널리 유통되고 읽혔으리라는 짐작은 할 수 있습니다.

《옥단춘전》은 고전 소설 중에서도 짧은 편입니다. 그러나 비교적 소설적인 틀이 잘 잡힌 작품이라는 평을 듣는 작품인 만큼 《옥단춘전》을 읽으면서 당시의 세태며, 사람들이 보편적으로 염원했던 소망 혹은 도덕이나 의리 같은 것이 어떤 모습이었을지 짐작해 보는 것도 흥미로울 것입니다.

2016년 1월 고용우

차례

'국어시간에 고전읽기' 시리즈를 펴내며　4

《옥단춘전》을 읽기 전에　6

진희, 평양 감사 되다　13

진희를 만나러 길을 나서다　24

옥단춘이 혈룡을 살리다　36

장원 급제하고 암행어사가 되다　56

낭군님이 거지 꼴로 나타나니　66

암행어사 출또요!　80

진희, 천벌을 받다　96

이야기 속 이야기

역사 속에 남은 우정 벗, 가까이 두고 오래 사귀다 22

역사 속 연광정 연광정에서는 무슨 일이 있었나? 34

조선 시대 별별 과거 원자가 태어났으니 과거를 열도록 하라! 54

이름을 남긴 기생들 "내가 조선의 기생이다!" 76

조선 시대의 암행어사 "나도 암행어사!" 92

깊이 읽기 _ 헌신짝처럼 버린 의리, 한결같은 사랑의 무게로 응징하다 108

함께 읽기 _ 《옥단춘전》은 왜 '옥단춘'전일까? 119

참고 문헌 123

붕우유신 쓸데없고,

　　결의형제 쓸데없다.

사람의 도리 저버리면
그 재앙이 자손에게까지 미치니라.

진희, 평양 감사 되다

옛날 숙종 임금이 왕위에 오른 뒤 십 년 동안 나라는 태평하고 백성들은 편안했다. 사람들이 모두 풍족하여 요임금이나 순임금의 시대라 할 만큼 태평한 세월이었으니, 백성들은 먹을 것이 풍족하여 즐겁게 지내며 격양가를 불렀다.

이 당시에 서울에는 두 정승이 있었으니 한 사람은 이정이고, 또 한 사람은 김정이었다. 두 정승은 서로 위하는 마음과 의리가 남달랐으나, 두 사람 모두 아들이 없어서 서러워했다.

• **요임금이나 순임금의 시대** 요임금과 순임금이 덕으로 천하를 다스리던 태평한 시대. 나라를 다스리는 모범으로 삼는다. '요순시절', '요순지절'이라고 부르기도 한다.
• **격양가(擊壤歌)** 풍년이 들어 농부가 태평한 생활을 즐기며 부르는 노래. 요임금 때 농부들이 태평한 세월을 즐기며 불렀다고 한다.

그러던 중 하루는 이정이 꿈을 꾸었다. 청룡이 오색구름을 타고 여의주를 가지고 장난을 치며 놀다가 난데없이 백호가 달려드니, 백호를 물어 한강에 내버리고 하늘로 올라가는 꿈이었다. 그달부터 태기가 있더니 열 달이 지난 뒤에 사내아이를 낳았다. 이정은 아이 이름을 혈룡이라 지었다. 김정도 꿈을 꾸었다. 백호가 산을 넘어 한강을 건너려고 하다가 용감한 청룡을 만나자 물에 빠지는 것을 보고 놀라 깨 보니 꿈이었다. 부부가 꿈 이야기를 나눴는데, 그달부터 태기가 있더니 열 달이 찬 뒤에 사내아이를 낳았다. 김정은 아이 이름을 진희라 지었다.

두 아이가 점점 자라나니 체격은 건장하고 튼튼했으며 씩씩한 기상

이 의젓하고 당당했다. 진희와 혈룡이 함께 공부를 했는데, 매우 총명
하여 뭇 사람들을 능가할 만했다.

두 아이가 여러 해 함께 공부하니 서로를 생각하는 의리는 같은 배
에서 태어난 친형제나 마찬가지였다. 두 집안이 아버지 때부터 친구였
으니 후손이 이런 두터운 정을 어찌 모르겠는가.

진희와 혈룡이 서로 약속하기를,

"우리 두 사람의 정과 의리를 생각하면 우리가 살아 있을 때는 물론
이거니와 후세의 자손들이라고 해도 대를 이어 온 두터운 정을 어찌
모르겠는가. 그러나 세상에 타고난 복과 영화의 이치는 알 수 없으니
네가 먼저 잘되면 나를 도와주고, 내가 잘되면 너를 먼저 도와주마."

이렇게 태산 같은 약속을 맺은 뒤 굳게 지키며 한결같이 지냈다.

그런데 뜻밖에도 김정과 이정이 병을 얻었는데, 아무 약도 효과가 없었다. 이는 하늘의 뜻이라, 어찌 살아나기를 바라겠는가. 두 사람의 병세가 점점 위험할 정도로 심해지자 임금이 몹시 놀라 조정의 모든 벼슬아치를 모아 놓고 말하기를,

"김정과 이정은 나의 손발과 같은 신하들인데 지금 두 사람이 우연히 병을 얻어 아무 약도 효과가 없고, 목숨이 매우 위태로운 지경이니 어찌해야 살려 낼 수 있겠는가."

하니 모든 벼슬아치가 임금의 뜻을 받들고 황공하여 몸 둘 바를 모르나 어찌 사람의 힘으로 하늘의 뜻을 어기겠는가. 임금이 어의를 불러 이르기를,

"빨리 나가 두 정승의 병을 치료하라."

했다. 그러나 어의가 명을 받들고 두 정승에게 갔을 때는 이미 병세가 심하여 정신을 잃은 상태였으니, 비록 편작 같은 뛰어난 의원이라도 살리기가 어려웠다.

이날 두 정승이 별세하니 두 집의 모든 식구가 하늘을 우러러 슬피 통곡했다. 임금이 이 소식을 듣고 못내 서러워하며 두 정승의 집에 각각 금은 삼백 냥을 내렸다. 두 집에서 하늘 같은 임금의 은혜에 감사하고 극진히 예를 갖추어 초상을 치른 뒤 삼년상을 지냈다. 그 뒤로 진희는 집안 형편이 전과 다름없어 풍족하게 잘살았으나, 혈룡은 집안 형편이 점점 기울어 하루하루 살아가는 것이 힘들 정도로 가난했다.

각설하고, 이때 김진희는 아직 젊은 나이에 과거에 급제하니 임금이

평양 감사로 임명했다. 진희는 하늘 같은 임금의 은혜에 감사하고 부임지인 평양으로 길을 떠나게 되었다. 부임지로 가는 진희의 행차가 지나는 곳마다 각 읍에서 바치는 공물이 넘쳐 났고, 환영 나온 백성이 역과 길을 메워 그 위엄이 대단했다.

평양에 도착하니 사승구 큰길에 씩씩한 나졸 팔백 명이 늘어서고, 육각 풍류 소리가 찬란한 금빛 털의 명마 위에 앉은 평양 감사의 위엄을 드높이니 더없이 찬란했다. 고운 옷을 차려입은 젊은 기생들은 각별히 곱게 단장을 하여 구름 같은 머리채를 반달같이 둘러 얹고, 가는 버들잎 같은 두 눈썹은 여덟 팔(八) 자로 다듬고, 옥 같은 연지볼은 봄날 꽃송이같이 교묘한 모양새며, 고운 빛깔의 옷을 아름답게 차려입고, 박속 같은 두 잇속은 두 이(二) 자로 반만 벌리고서 흰 모래밭에 금자라가 걸어가듯이 맵시를 내고 아양을 부리듯 아장아장 왕래하니 그 모습을 그 누가 칭찬하지 않겠는가.

- **어의(御醫)** 궁궐 안에서, 임금이나 왕족의 병을 치료하던 의원.
- **편작(扁鵲)** 중국 전국 시대의 의사. 성은 진(秦). 임상 경험을 바탕으로 치료했는데, 환자의 오장을 투시하는 경지에까지 이르렀다고 전한다.
- **별세(別世)** 윗사람이 세상을 떠남.
- **각설(却設)** 주로 글 따위에서, 화제를 돌려 다른 이야기를 꺼낼 때, 앞서 이야기하던 내용을 그만둔다는 뜻으로 다음 이야기의 첫머리에 쓰는 말.
- **평양 감사** '평안도 감사'를 뜻하는 '평안 감사'가 바른 표현이나, 평안도의 감사가 평양에 머물렀기 때문에 흔히 '평양 감사'라 불렸고, 이 책에서도 원문의 표기를 따랐다.
- **공물(貢物)** 중앙 관서와 궁중의 수요를 충당하기 위하여 여러 군현에 부과하여 상납하게 한 특산물. 여기서는 평양 감사에게 바치는 각 고을의 특산물을 뜻한다.
- **사승구(四勝區)** 사방이 경치가 좋다는 뜻.
- **육각(六角)** 북, 장구, 해금, 피리, 태평소 둘로 이루어진 악기 편성.
- **박속** 박의 안에 씨가 박혀 있는 하얀 부분.

감사 김진희가 평양에 도착하여 각 읍 수령들의 인사를 받고 이삼 일 뒤에 육방 점고도 모두 마쳤다. 이어 기생 점고를 하는데, 영주선이, 김선월이, 옥문이 등 앵무새 같은 기생들이 얼굴을 곱게 꾸미고 옷도 한껏 맵시를 내어 입고, 걸음걸이마저 교태를 부리며 어떻게 하든 감사의 눈에 띄어 수청이나 한번 들까 서로 시기하고 아양 떠는 짓이 볼 만했다.

그 가운데 옥단춘은, 신분이 비록 기생이나 행실이 송죽같이 곧고 본심이 정결하여 부임하는 수령마다 수청을 들라고 해도 모두 거절하고 글공부에만 힘을 쓰면서 세월을 보내고 있었다. 기적에 매인 몸이라 점고를 받을망정 행실이야 변할 턱이 없었다. 이런 도도한 태도를 분명하게 하니 김진희가 이 모습을 보고 호장을 불러서 분부하기를,

"오늘부터 옥단춘에게 수청을 들게 하라."

하니 호장이 분부를 듣고 춘의 집에 급히 가서,

"춘아 춘아 옥단춘아, 버들잎에 새로 핀 춘아, 사또 분부하셔 모셔 오너라 이렇게 엄하게 명하시니 아니 가지 못하리라. 네가 만일 수청을 거절하면 너 때문에 우리가 중한 벌을 받을 것이니 세수하고 들어가자."

이 말을 들은 옥단춘이 깜짝 놀라 하는 말이,

"여보시오, 호장. 들어 보소. 내 비록 기생이나 공부하는 처자인데 수청이 웬 말이오."

호장 하는 말이,

"네 사정은 그러하나 사또 분부가 하도 엄하니 아니 갈 수가 없구

나. 우리 또한 아니 데려갈 수가 없으니 잔말 말고 어서 가자."

옥단춘이 할 수 없이 입고 있던 옷차림 그대로 미친 여자 꼴로 들어가니, 사또는 가까이 앉힌 뒤에 온갖 희롱과 수작을 했다. 옥단춘이 하는 수 없이 건성으로 사또의 비위만 맞추며 지내니, 사또는 백성 다스리는 일에는 신경도 쓰지 않고 나날이 풍악과 주색만 일삼았다.

- **육방**(六房) 조선 시대에, 승정원 및 각 지방 관아에 둔 여섯 부서. 이방(吏房), 호방(戸房), 예방(禮房), 병방(兵房), 형방(刑房), 공방(工房)을 이른다.
- **점고**(點考) 명부에 일일이 점을 찍어 가며 사람의 수를 조사함.
- **기적**(妓籍) 예전에, 기생을 등록해 놓은 대장.
- **호장**(戸長) 조선 시대에, 각 관아의 벼슬아치 밑에서 일을 보던 구실아치들의 우두머리.
- **풍악**(風樂) 예로부터 전해 오는 우리나라 고유의 음악. 주로 기악을 이른다.
- **주색**(酒色) 술과 여자를 아울러 이르는 말.

벗, 가까이 두고 오래 사귀다

김진희와 이혈룡은 아버지 때부터 대를 이어 온 친구 사이였지만, 김진희의 배신으로 우정이 깨졌습니다. 친구란 혈룡과 진희처럼 원수 같은 사이가 될 수도 있지만, 때로는 피를 나눈 형제자매보다도 더욱 가까운 사이가 될 수도 있지요. 실제로 진한 우정을 나눴던 친구들의 이야기를 역사 속에서 만나 볼까요?

형제처럼 막역한 친구, 오성과 한음

우리 역사에서 우정에 관한 가장 많은 설화를 남긴 인물은 오성 이항 복과 한음 이덕형입니다. 오성과 한음은 장난이 심하고 기지가 뛰어 나 어려서부터 친구로 지내면서 수많은 일화를 남겼습니다. 하지만 백사(오성의 호)와 한음의 우정은 두 사람이 어려움에 처했을 때 더욱 빛이 났지요. 영의정이던 한음이 임해군의 살인 교사 사건 을 조사하는 과정에서 선조의 비위를 건드려 파직되자 후임으 로 백사가 임명됐는데, 백사는 파직된 한음의 자리를 물려받을 수 없다며 극력 사양했습니다. 백사는 상소문에서 "이덕형은 이 미 말을 한 신하요, 신은 미처 말하지 못한 이덕형일 뿐이니, 죄 는 아무리 드러나지 않았더라도 차마 심정을 숨길 수 없다."라고 하여, 한음을 변호하며 두 사람이 일심동체임을 강조했다고 합니다. 백사는 여덟 번의 상소 끝에 영의정에서 물러났지요. 벼슬에서 물러난 뒤 한음이 먼저 죽자 그의 아들이 백사에 게 한음의 묘지명을 지어 달라고 부탁했습니다.

나라가 있는 줄만 알고, 자신의 몸이 있음은 알지 못했다.

知有國而不知有身

'나'의 가치를 알아주는 친구, 관중과 포숙

제나라의 환공은 노나라를 정벌한 뒤 노나라 왕을 죽이고 자신을 죽이려고 했던 관중 도 처형하려 했으나 참모인 포숙이 관중의 능력을 알아보고 재상에 추천했습니다. 환 공은 포숙의 추천을 받아들여 자신을 죽이려 했던 관중을 등용하여 재상으로 삼았으 며, 포숙은 기꺼이 관중의 아랫자리로 들어갔지요. 관중이 제나라의 재상이 되어 국정 을 맡자 변변치 못했던 제나라는 크게 번성했습니다. 포숙은 관중을 천거한 뒤 자신은

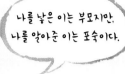

나를 낳은 이는 부모지만,
나를 알아준 이는 포숙이다.

늘 관중의 아랫자리에 들어가서 일을 했지요. 세상 사람들은 이를 보고 관중의 현명함을 칭찬하기보다 오히려 포숙의 사람을 알아보는 능력을 더 칭찬했습니다. 사자성어 '관포지교(管鮑之交)'는 관중과 포숙 두 사람의 우정을 일컫는 말이지요.

서로 마음을 알아주는 친구, 백아와 종자기

춘추 시대 진나라에 유백아라는 사람이 있었는데, 원래 초나라 사람으로 거문고의 달인이었습니다. 백아가 한번은 초나라에 사신으로 가게 되어 오랜만에 고향을 찾았어요. 때마침 추석 무렵이라 그는 밝은 달을 배경으로 구성지게 거문고를 뜯었습니다. 그때 몰래 그의 연주를 엿듣고 있는 허름한 차림의 젊은 나무꾼이 있었어요. 백아는 산의 웅장한 모습과 소용돌이치는 물의 우렁찬 기상을 표현하고자 한 것을 나무꾼이 정확하게 맞히자 깜짝 놀랐습니다. 백아는 무릎을 치면서 말했어요. "당신이야말로 진정 소리를 아는 분이군요." 그는 종자기라는 사람이었고 두 사람은 의형제를 맺었습니다.

> 백아는 거문고를 잘 연주했고 종자기는 백아의 연주를 잘 감상했다. 백아가 거문고를 탈 때 그 뜻이 높은 산에 있으면 종자기는 "훌륭하다. 우뚝 솟은 그 느낌이 태산 같구나."라고 했고, 그 뜻이 흐르는 물에 있으면 종자기는 "멋있다. 넘칠 듯이 흘러가는 그 느낌은 마치 강과 같군."이라고 했다. 백아가 뜻하는 바를 종자기는 다 알아맞혔다. 종자기가 죽자 백아는 더 이상 세상에 자기를 알아주는 사람이 없다며 거문고를 부수고 줄을 끊고 종신토록 연주하지 않았다.
> – 《열자(列子)》 중

여기서 '자기를 알아주는 참다운 벗의 죽음을 슬퍼한다.'라는 뜻의 '백아절현(伯牙絶絃)'이라는 말과 '서로 마음을 알아주는 막역한 친구'를 뜻하는 '지음(知音)'이라는 말이 나왔습니다.

진희를 만나러 길을 나서다

이때 혈룡은 집안 형편이 매우 어려워 늙은 어머니와 처자를 데리고 살아갈 길이 막막했다. 품을 팔자 하니 배운 적이 없고, 빌어먹으려고 해도 가문을 더럽힐 뿐이며, 굶어 죽자 하니 늙은 어머니와 처자를 두고 차마 죽을 수가 없었다. 겨우겨우 지내는 처지였지만 아무리 배가 고파도 늙은 어머니가 눈치채지 못하게 하고 머리카락을 베어 팔다가 끼니를 해결하기도 했으나, 그것도 한때일 뿐이었다. 머리카락인들 어찌 이를 감당할 수 있겠는가. 이렇게 혈룡이 아무리 배가 고파도 티를 내지 않고 지내는데, 김 정승 아들 진희가 평양 감사가 되었다는 소문을 듣고 깜짝 놀라면서,

　"반갑기 그지없는 소식이구나."

하고는 어머니께 여쭙기를,

"김 정승의 아들 진희와 지난날 함께 지낼 적에 둘이 굳게 맺은 약속이 있었는데, 이제 들리는 소문에 평양 감사가 되었다고 합니다. 옛날 일을 생각하면 모르는 척하지 않고 도와줄 것입니다. 그런데 가서 만나 보려고 해도 정승 집안의 자손으로서 거지 모습으로 갈 수는 없고, 그렇다고 돈은 한 푼도 없으니 막막합니다. 그러나 어떻게 하든 다녀오긴 할 터이니, 잠시나마 가까이서 모시지 못함을 용서하옵소서."

하고 물러 나와 평양 갈 일을 생각하니 머나먼 길에 날아갈까 뛰어갈까 도무지 방법이 없었다. 평양까지 가기만 하면 굶주림을 면할 것이요, 집에 돈 백 냥이라도 들고 올 것이나 아무리 생각해도 갈 길이 막막하기만 했다.

"똑같이 정승의 자손으로서 저렇게 귀히 되는데, 나는 어찌하여 이렇게 가난하기만 한가. 슬프고도 가련하다."

슬피 통곡하며,

"내 복이 없거나 귀신이 시기하여 타고난 운명이 이러하니 누구를 원망하리오."

하고 슬프게 탄식할 때 어머니가 듣고 위로하며 말하기를,

"너는 조금도 서러워하지 마라. 남자에게는 빠르고 늦는 차이는 있어도 다 때가 있는 법, 어찌 하늘이 무심하겠느냐."

했다.

혈룡이 물러 나와 아내에게 말하기를,

"당신은 어머니를 모시고 잘 있게."

하니 부인이 또한 울먹이며 말하기를,

"제 생각에도 평양 가시면 무시하지는 않을 것 같으니 아무쪼록 갈 수 있는 방법을 잘 생각해 보셔요. 시집올 때 입었던 옷을 팔아 돈을 조금 마련했는데, 그만하면 갈 수 있을 듯하니 길을 떠나시옵소서."

하는 말을 듣고 혈룡이 생각하니,

'나는 가서 한때나마 연명을 하겠지만, 어머님과 처자식들은 어찌하리오.'

싶어 소리 높여 통곡하니 불쌍하게 생각하지 않는 사람이 어디 있겠는가. 부인이 빨아 두었던 옷을 내와서 남편에게 입혔다. 혈룡은 들어가 어머니 앞에 엎드려 큰 소리로 울었다.

"어머님, 어머님, 식구들을 데리고 부디 안녕히 계시옵소서. 저는 남자로 태어나 자식으로서 부모를 봉양하여 그 은공을 갚지 못하고 유리걸식하러 가오니 어디 간들 이 불효를 용납하오리까?"

하며 작별 인사를 하고 눈물지으며 하는 말이,

"나는 평양 가면 잠시라도 굶주림을 면할 것이지만 부인은 어떻게 어머님과 굶주림을 면하겠소?"

하니 부인이 말하기를,

"나는 어떻게 하든 굶어 죽지 않고 어머님을 굶주리지 않도록 할 것이나, 서방님은 걸어서 오백 리 길을 어떻게 다녀오시렵니까. 부디 무사히 다녀오시옵소서."

혈룡이 눈물로 작별 인사를 하고 평양으로 내려가는데, 자신의 신

• 유리걸식(流離乞食) 정처 없이 떠돌아다니며 빌어먹음.

세를 생각하니 슬픔을 헤아릴 길이 없고 그 슬픈 마음 둘 데 없어서
비탈길로 내려가며,

"어쩌다 내 처지가 이렇게 되었을까."
했다.

혈룡이 초라한 행색으로 내려갈 때 가는 곳마다 주변 경치는 눈물
겹게 아름다웠고 평양에 이르니 구경거리도 많았다. 빼어나게 아름다
운 강산이란 바로 이를 두고 말하는 것이 아니겠는가.

혈룡은 동문 밖에 묵을 곳을 정하고 관속을 불러내어 감사에게 연
락할 수 있도록 부탁했다. 연락할 수 없다고 하는 것을 거듭 부탁하며
말하기를,

"나는 너의 사또와 죽마고우로 형제같이 지내 온 사람이다. 네가 만약 사또에게 연락을 하면 사또도 반가워할 것이니 염려 말고 사또께 전하거라."

했으나 들은 체도 아니하니 이를 장차 어찌하리오. 곰곰이 생각하다가 이방을 불러내어 사정했으나 그 역시 마찬가지였다.

- **관속(官屬)** 지방 관아의 아전과 하인을 통틀어 이르던 말.
- **죽마고우(竹馬故友)** 대말을 타고 놀던 벗이라는 뜻으로, 어릴 때부터 같이 놀며 자란 벗.
- **이방(吏房)** 조선 시대에, 각 지방 관아에 속한 육방 가운데 인사 관계의 실무를 맡아보던 부서 혹은 그 담당자.

"이 일을 어찌할까. 아이고아이고, 어찌할까. 어머님과 처자식들은 날 보내 놓고 배고파 기진하여 오늘 올까 내일 올까, 돈 다발이라도 올라오려나 주야장천 기다릴 것으로되 소식조차 알릴 수 없으니 어떻게 산단 말인가."

혈룡이 슬피 울며 여관에서 십여 일을 묵으니, 노잣돈도 떨어지고 어머니와 처자식을 대할 길이 아득해졌다.

"집으로 돌아가려고 해도 노잣돈 한 푼 없고, 이곳에 더 머물려고 해도 여관 주인이 싫어하니 장차 이를 어찌하면 좋단 말인가."
하며 수없이 통곡하니 그 모습을 본 사람이라면 누군들 슬퍼하지 않겠는가.

혈룡이 대동강에 몸을 던져 죽기로 결심을 했으나 다시 생각하니 어머니가 계시고 처자식이 있는데 차마 죽을 수는 없어 탄식하며 하는 말이,

"불쌍하다. 우리 어머님과 처자식은 이런 줄도 모르고 돈푼이나 얻어 가지고 오늘이나 올라올까 내일이나 올라올까 밤낮으로 기다리고 있을 일을 생각하니 차마 어찌 죽을 수 있겠는가. 한 푼 노자도 없으니 여관 주인도 나가라 하고, 이 넓디넓은 세상에 이런 팔자가 또 어디 있겠는가."

옷가지를 벗어 팔아 굶주림은 겨우 면했으나 그것도 한때뿐이었다. 아무리 기별을 보내지 않고 몰래 들어가려고 해도 사방을 굳게 지키고 있어 들어갈 길이 전혀 없었다.

"아이고아이고, 어찌할꼬."

구슬프게 통곡하는데, 옷도 다 떨어져 행색이 거지 중에도 상거지였다. 굶주림을 견디지 못하여 문전걸식을 하고 다니는데, 감사가 각 읍 수령들을 모아 놓고 대동강 연광정에서 잔치를 벌인다는 소문이 들렸다. 혈룡은 그날에 만나 보리라 작정하고 손꼽아 기다렸다. 마침내 그날이 되자 대동강에 잔치판이 벌어져 풍악 소리가 낭자하고 팔십 명 기생들은 저마다 재주를 뽐내어 흥을 돋우었다. 감사가 술 취한 흥을 못 이겨 취한 목소리로 말하기를,

"갈매기야, 훨훨 날지 마라. 너 잡을 내가 아니다. 어허, 여기 모인 사람들아, 내 말을 들어 보라. 삼사월 좋은 시절에 온갖 꽃은 다 피었는데, 가늘고 푸른 저 버들 좌우편의 저 두견, 슬피 우는 너의 소리 들어 보니 쇠나 돌같이 모진 사람이라고 해도 그 누가 슬퍼하지 않겠는가."

하며 흥이 넘쳐 마음 내키는 대로 놀고 있었다.

• **기진(氣盡)** 기운이 다하여 힘이 없어짐.
• **주야장천(晝夜長川)** 밤낮으로 쉬지 아니하고 연달아.
• **문전걸식(門前乞食)** 이 집 저 집 돌아다니며 빌어먹음.

연광정에서는 무슨 일이 있었나?

김진희가 평양 감사로 부임해서 가장 먼저 한 일은 육방 점고였고, 그다음은 기생 점고였습니다. 그러고는 백성을 돌보는 일에는 신경도 쓰지 않고 나날이 잔치를 벌이며 지냈지요. 잔치에서 빠질 수 없는 것이 술과 안주, 풍악, 그리고 좋은 풍광이 보이는 장소라고 할 수 있겠습니다. 연광정(練光亭)의 원래 이름은 '산수정(山水亭)'이었는데, 온갖 풍광이 고루 비친다는 뜻으로 '만화정(萬和亭)'이라고도 불렀다가, 대동강 물결에 햇살이 아른거리는 모습에 비추어 연광정이라 이름 지은 것이 오늘에 이릅니다.

청나라 황제에게 인정받은 천하제일의 풍광

연광정에는 이런저런 현판과 주련(기둥이나 벽 따위에 장식으로 써서 붙이는 글귀) 들로 가득합니다. 김황원의 미완성 시구도 있고, 군말 없이 '제일누대(第一樓臺)'라고 쓴 것도 있지요. 그중에 '천하제일강산(天下第一江山)'이라고 적힌 현판에는 특별한 사연이 있습니다. 그림과 글씨로 이름이 높았던 명나라의 주지번이 조선에 사신으로 와 연광정에 올랐는데, 그 풍광에 놀라 무릎을 치며 현판을 써서 걸어 놓았습니다. 그 뒤 병자호란 때 인조

연광정, 예술 작품으로 남다

대동강의 명승지인 연광정은 뛰어난 조망과 풍광으로 사람들의 감탄을 자아냈습니다. 사람들은 그 감회를 시로, 그림으로 표현했지요. 연광정을 소재로 한 여러 예술 작품들을 감상해 보겠습니다.

〈연광정연회도〉, 김홍도, 국립중앙박물관 소장.

에게 항복을 받고 돌아가던 청나라 황제가 연광정에 들렀다가, 중국에도 명승이 있는데 어찌 여기가 천하제일일 수 있느냐고 그 현판을 부숴 버리라 했습니다. 그러고는 가만히 생각해 보니 그 풍광도 아름답거니와 글씨 또한 버리기엔 너무 아까워서 '천하' 두 글자만 톱질해 없애도록 했다는 것입니다. 그래서 한동안 '제일강산'이라고 붙어 있었는데, 어느 때인가 누가 다시 '천하' 두 글자를 새겨 넣어 지금은 또다시 '천하제일강산'이라는 현판이 걸려 있습니다.

H 늬우스

연광정은 지금······

북한은 광복 70주년인 15일 남한이 표준시로 사용하는 동경시 기준 0시 30분부터 '평양시'를 사용했다. 북한 조선중앙TV는 남한보다 30분 늦은 평양시로 15일 0시 정각에 0시를 알리는 시계 화면, 종소리와 함께 "평양시간과 더불어 주체조선의 위대한 역사는 주체혁명 위업 최후 승리를 향해 장엄히 흐를 것"이라고 방송했다. 그러면서 평양시 중심부인 중구역 대동문의 연광정에서 청색 저고리에 흰색 한복 바지를 입은 남성 2명이 평양 시민들이 지켜보는 가운데 종을 치는 타종의식 장면, 선박과 기차가 뱃고동과 기적을 울리는 장면을 내보냈다.

2015년 8월 15일. 연합뉴스

변경의 가을빛은 어느덧 지나가고
고을 정자 동쪽 언덕에 객이 홀로 의지했네.
긴 둑에 찬비가 집들을 적시고
허물어진 성곽의 맑은 서리에 나무들이 앙상하네.
도사의 재주 성글어 비용만 허비하고
창을 베고 마음 졸이니 몸을 던져야 하리.
큰 술잔치로 어려운 꾀를 내어야
밝은 달이 푸른 항아리를 와서 비추리라.

– 〈연광정〉. 이옥

연광정 높은 누각 강가에 솟았는데
푸른 파도 만경창파 거울처럼 열렸네.
백조는 교목 가지에 맴돌다 사라지고
옛 성엔 푸른 구름 높이 끼고 도는구나.
손들고 교진에 음할 생각 떠올라
배 띄워 동래로 곧장 뛰고 싶구나.
바람 향해 피창을 풀어헤치고 술을 마시니
지는 해 나를 위해 주춤하는 듯하네.

– 〈연광정〉, 율곡 이이

옥단춘이
혈룡을 살리다

이때 혈룡은 너무 배가 고파 기운이 다하여 힘이 없던 차에 잔칫상의
음식을 바라보니 어찌 반갑지 않겠는가. 그러나 아무리 반가운들 그림
의 떡이라 어찌 먹기를 바라겠는가. 사방 경치를 살펴보니 십 리 푸른
강에는 오리들이 물결을 따라 둥실둥실 떠서 짝을 지어 노닐고, 넓은
모래밭에는 갈매기들이 쌍쌍이 놀고 있었다. 이를 본 혈룡은,

　"네 맑은 노랫소리도 처량하구나."

했다. 경치 구경을 다 한 뒤에 혈룡은 틈을 타 감사가 노는 앞
으로 가까이 들어가서 불러 말했다.

　"평양 감사 김진희야, 이혈룡을
모르느냐?"

두세 번 외치는 소리를 감사가 듣고 한참 보다가 호장을 불러 호통을 쳤다. 겁먹은 호장과 수령들이 혈룡에게 달려들어 뺨을 치고 등도 밀고 상투를 잡아끌고 가서 감사 앞에 꿇어앉혔다. 그러자 감사가 소리치기를,

　"네 이놈, 들어라. 웬 미친놈이 와서 감히 내 이름을 욕되게 하느냐?"

하니 이혈룡이 어이가 없어서 하는 말이,

　"오냐, 내 너를 친구라고 여겨 찾아왔다가 연락을 못하고 한 달이나 지냈더니 노자도 떨어지고 굶주림을 견디지 못하여 문전걸식하고 다니다가, 오늘 여기서 너를 보니 죽어도 한이 없다. 나는 너를 친구라고 여겨 찾아왔는데 이다지 하찮게 대하니, 아버지로부터 대를 이어 온 친구도 소용이 없고 형제가 되기로 함께 맹세한 것도 쓸데없구나. 나 같으면 이렇게 업신여기지 않겠다. 돈 백 냥이라도 준다면 어머님과 처자식들을 먹여 살리겠다."

하며 큰 소리로 구슬프게 울었다. 다시 혈룡이 울먹이며 말하기를,

　"이 몹쓸 김진희야, 노잣돈 한 푼 없는데 경성 천 리 어찌 갈꼬."

하니 감사가 몹시 화가 나 소리치기를,

　"이런 미친놈이 있나."

하며 대동강 사공을 불러 명령하기를,

　"이놈을 배에 태우고 가서 강 한가운데에 던져 넣어라."

했다. 명령이 하도 엄하니 사공이 조아리며 듣고 물러 나와 이혈룡을 결박하여 배에 태웠다. 이때 옥단춘이 넌지시 보니 비록 입은 옷가지

는 낡아 해졌으나 얼굴은 비범해 보였다. 불쌍한 생각이 들어 감사에게 여쭙기를,

"소녀 갑자기 오한이 들었는지 춥고 떨리며 온몸이 고통스러워서 견딜 수가 없사옵니다."

하니 감사가 말하기를,

"그러면 물러가서 몸을 치료하라."

했다. 옥단춘이 물러 나와 사공을 급히 불러,

"저기 가는 저 사공들, 잠깐 멈추시오."

하고 멈춰 세웠다. 옥단춘이 사공에게 다가가,

"내가 몸값을 후하게 줄 것이니, 이 양반을 죽이지 말고 죽인 것처럼 모래를 덮어 숨겨 두고 오시오."

하니 사공이 말하기를,

"아무리 사또의 명령이 중하다 해도 어찌 우리 손으로 사람을 죽이고 싶겠소."

했다. 사공들이 이혈룡을 배에 태우고 바다같이 넓고 넓은 대동강 깊은 물 위를 두리둥실 떠나갈 때, 혈룡은 옥단춘과 사공들의 약속을 까맣게 모르고 있었으니 이제 죽을 줄만 알고 하늘을 우러러 목 놓아 울며 소리쳤다.

"밝고 밝은 하늘이시여, 낱낱이 굽어 살피소서. 불쌍한 이혈룡을 살려 주옵소서. 경성에는 어머님과 처자식이 나를 평양에 보내 놓고 이

• **오한(惡寒)** 몸이 오슬오슬 춥고 떨리는 증상.

렇게 죽게 된 줄은 모르고,
오늘 올까 내일 올까 밤낮으로 기
다리는데 내 팔자가 왜 이렇게 갈수록
사납기만 하단 말입니까?"

목 놓아 우니 이를 지켜본 사람이라
면 누군들 슬퍼하지 않겠는가. 산천초목이
다 슬퍼했다. 그런데 사공들은 태연하게 노를 저
어 갔다. 대동강 맑고 긴 물에 둥실둥실 높이 떠서 어기
여차 소리하며 내려가는데 좌우 경치를 바라보니, '긴 성 한쪽으로 강
물은 굽이쳐 흐르고, 너른 들 동쪽으로 산들은 점 찍은 듯 우뚝우뚝'
이라는 글처럼 경치가 빼어났다.

"무산 열두 봉우리는 구름 밖에 솟아 있고, 연광정에서 흘러내린
물은 대동강을 따라 흐르고. 산천초목 좋은 경치 이리 봐도 저리 봐
도 좋은 곳에, 맑고 푸른 강물 위에 어부들은 흥에 겨운 좋은 경치,
갈매기가 하늘에 너울너울 높이 떠서 짝을 지어 노는 모습은 사람들
의 흥을 자아내고, 동정호 가을 달빛에 맑은 바람이 물고기들을 희롱
하는데, 내 팔자는 어찌 이리도 사나워 충신의 후손으로서 나라에 입
은 은혜를 다 갚지 못하고 죽어서 물고기 밥이 된단 말인가.

죽기는 서럽지 않으나 집에 팔십 늙으신 어머니가 나를 보내시고 밤

● 긴 성~우뚝우뚝 고려 시대에, 김황원이 평양 부벽루에 올라 내려다본 풍광을 시로 지었으나 경치에 정신
을 빼앗겨 더는 짓지 못했다고 한다. 원문은 '長城一面溶溶水 大野東頭點點山'이다.

낮으로 기다리시다가 내가 이렇게 된 줄도 모르고 '자식 낳아 쓸데없다.' 할 것이니 그것이 서럽다. 불쌍한 아내는 어머님 모시면서 오늘 올까 내일 올까 밤낮으로 문밖에 나서서 기다리다가 소식이 감감하니 내가 죽은 줄도 모르고 '부모 처자식을 잊었단 말인가. 야속한 낭군님, 왜 그리 무정하시오.' 하며 눈물로 세월을 보낼 테니 그것이 서럽구나. 아이고아이고, 답답한 내 신세야. 어찌하면 어머님과 아내를 만나 볼 수 있을까. 나 죽은 뒤에 혼이라도 천 리 밖 고향엘 어찌 갈꼬."

또 슬프게 울며 말하기를,

"물에 빠져 죽은 뒤에 외로운 넋이 되어 하늘을 떠돌 때, 내 이 원통하고 서러운 마음을 밝고 밝은 하늘은 상세하게 아시고 훤하게 밝혀 주시옵소서. 아무리 험난하게 되어도 좋으니 생전에 어머님과 아내를 만나 보게 해 주시옵소서. 푸른 하늘에 울고 가는 저 기러기야, 한양 서울 지날 때 우리 어머님 계신 곳 가거든 이곳에서 나를 보았다고 일러 다오.

못나고 어리석은 자식 이혈룡은 어머님과 아내를 이별한 뒤에 대동강 물에 빠져 죽고 외로운 넋이 되어, 팔십 연세의 늙은 어머님 모시지 못한 죄로 이승에도 저승에도 가지 못하고 허공을 떠돌며 '아이고아이고' 슬피 울며 어머님과 아내의 머리 위에서 밤낮으로 본들 불쌍한 우리 어머님과 아내는 어찌 나를 볼 수 있겠는가."

하며,

"물에 빠져 죽어 외로운 넋이 되었다고 소식이라도 좀 전해 다오. 무심한 기러기는 아득한 구름 밖을 두 나래 훨훨 치며 대답 없이 울고

가니 이 내 마음 어찌할 바를 모르겠다. 아이고아이고, 내 신세야. 어떻게 하면 살 수 있을까. 고향에 어머님과 아내를 두고, 어엿한 집을 두고 천 리 밖 낯선 이곳에 무엇하러 왔다가 이 신세가 되었단 말인가. 지나온 일들을 생각하니 한심하고 불쌍하다.

내가 내려올 때 보았던 산천에 이렇게 봄이 드니 첩첩이 푸른 산이 되었고, 좌우 산천에 저 짐승들, 황금 같은 꾀꼬리는 버드나무 가지를 옮겨 다니며 놀고, 여기저기 뻐꾹새는 제 신세를 한탄하여 이리 가며 '북국북국' 저리 가며 '북국북국' 울고, 무심한 원숭이는 하릴없이 몸을 흔들어 대는구나. 또 저쪽을 바라보니 한 많은 두견새는 이리 가며 슬피 울고 저리 가며 슬피 우니 이 내 마음 둘 곳이 없다.

이때가 어느 때냐, 마침 봄기운 무르익는 춘삼월이라. 경치도 더없이 좋은데, 이 내 팔자는 무슨 죄가 그리도 많아 갈수록 사납기만 한가. 속절없이 물에 빠져 외로운 넋이 되게 생겼구나. 복 없는 이 내 신세, 충신의 후손으로서 나라에 입은 은혜를 다 갚지 못하고 이 지경이 되었단 말인가. 이러한 서러운 마음을 담아 내 사정을 하소연하는 글이라도 하나 지어서 옥황상제께 바치고자 해도 구만 리 밖 멀고도 아득한 하늘이니 바칠 길이 도무지 없구나. 대궐에 계신 우리 임금께서 이런 일을 아신다면 선악 구별을 못하시겠는가."

울음이 그치지 않으니 해와 달이 빛을 잃고 산천초목이며 날짐승, 길짐승 들조차 슬퍼하고, 대동강 맑은 물도 잠시 흐름을 멈추고 울렁출렁 제자리에 머물렀다.

사공들이 위로하며 말하기를,

"여보, 안심하시오. 우리가 비록 사또의 엄한 명령을 받았으나 죄 없는 사람을 차마 어떻게 죽이겠소. 모래 속에 몸을 숨기고 있다가 날이 어두워지거든 멀리 도망을 가시오. 만일 사또께서 이 일을 아시면 죄 없는 우리가 엄한 벌을 받을 것이니 잡히지 않도록 하시오."

거듭하여 간곡하게 부탁한 뒤에 물가에 내려놓으니 이혈룡이 일어나서 사공의 손을 잡고 말하기를,

"꼼짝없이 죽게 된 이 몸을 아무 대가 없이 살려 주시니, 이 은혜 죽어 백골이 되어도 잊을 수 없을 것이오. 내가 만일 살아나면 뒷날 다시 찾아뵐 터이니 이름이나 가르쳐 주소서."

거듭하여 감사의 인사를 하니 사공이 손을 잡고 말하기를,

"사람이 살다 보면 어디서든 다시 만나게 된다는 말이 있소. 뒷날 다시 봅시다."

하고 돌아갔다. 혈룡은 하는 수 없이 모래를 파고 몸을 숨긴 채 해 지기를 기다리는데, 배가 고파서 기운이 떨어지고 거의 죽을 지경이었다. 그런데 그때 뜻밖에도 모래를 파헤치며 "일어나소, 일어나소." 두세 번 부르는 소리가 들렸다. 기운이 없어 정신이 흐릿한 상태에서도 깜짝 놀라 죽은 것처럼 누워 있었는데, 그 사람이 다시 말하기를,

"겁내지 말고 일어나서 정신을 차리고 나를 보시옵소서. 나는 그대를 죽일 사람이 아니니 걱정하지 말고 일어나서 나를 자세히 보시고 우선 정신을 차리게 요기라도 하옵소서."

했다. 혈룡이 그제야 정신을 차리고 눈을 떠 보니 어떤 여인이 미음 그릇을 손에 들고 지극하게 권하는데, 의식이 흐릿한 상태에서 생각

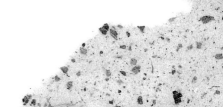

해 보니,

'부모님 은혜를 밝고 밝은 하늘이 살피신 것인가. 나와 같은 나이의 어떤 사람이 원통하게 죽은 귀신인가.'

아무리 생각을 해도 꿈인지 생시인지 도무지 알 수가 없었다. 허기가 더없이 심하던 중에 먹을 걸 보니 어찌 반갑지 않겠는가. 미음 그릇을 받아 들고 마시니 좀 정신이 들었다.

혈룡이 여인에게 다시 묻기를,

"당신은 도대체 어떤 사람이기에 죽어 가는 사람을 살려 주시는 것인지요. 이 은혜는 백골이 되어도 잊지 못할 것이오만, 어디 사는 누구신지 이름이나 알려 주옵소서."

옥단춘이 대답하여 말하기를,

"저는 평양에 사는 기생이옵니다. 오늘 당신이 죄 없이 죽게 된 것을 보고 너무도 불쌍해 사공에게 부탁하여 이곳에 살려 두라 부탁했습니다. 그러니 아무 염려 말고 우리 집으로 가십시다."

하는데 이혈룡이 생각해 보니 따라가면 두 번 죽을 것이 뻔하다고 생각하여 굳이 사양하며 말했다.

"죽었던 사람을 살려 주신 은혜는 내가 죽은 뒤에라도 잊지 않고 갚겠습니다만, 지금 내 처지가 이 땅에 잠시라도 더 머물 수가 없으니 더는 권하지 마시오."

그러자 춘이 말하기를,

"내가 비록 기생의 몸이지만 당신을 살리려는 사람이고, 또한 언짢은 마음 없으니 조금도 걱정하지 말고 함께 가십시다."

하고 은근하게 권했다. 이혈룡이 생각하기를,

'인생이 한번 죽으면 그만인 것을 어찌 아녀자를 걱정하여 따라가지 않겠는가.'

하며 춘을 따라가는데, 죽었다가 세상을 다시 본 것 같아 슬픈 마음을 가눌 수 없었다. 한편으로 생각하니,

'죽을 지경에 빠졌던 이 몸이 세상에 다시 살아났으니 이런 꿈같은 일이 또 어디 있겠는가.'

춘의 집에 다다르니, 집 안은 깨끗하고 깔끔하게 손질되어 있었고 주변 풍경도 아름다웠다. 집 안을 이리저리 살펴보니 온갖 꽃이 활짝 피어 있었는데, 꽃 중에 왕이며 부귀를 가져다준다는 목단화며, 꽃 중에 가장 추앙받는 해당화며, 임금의 사랑을 가장 많이 받는 국화며, 충신 해바라기며, 달빛은 정원에 가득한데 온갖 고운 빛깔이 찬란했다.

뜰아래로 학과 두루미가 뒤뚱뒤뚱 주적주적 걸어 나오며 짧은 목 길게 늘여 '끼룩끼룩' 소리를 내면서 사람을 보고 반기는 듯했다. 방 안으로 들어가니 하얗게 꾸민 벽과 비단으로 바른 창이 찬란했고, 좌우를 둘러보니 세상에 널리 알려진 유명하고 좋은 그림들이 여기저기 걸려 있었다. 한 그림을 보니 위수에서 강태공이 문왕을 만나려고 때를 기다리며 미끼도 없는 곧은 낚시를 물에 넣고 어엿하게 앉아 있는

---

* **강태공**(姜太公) 중국 주나라 수상인 강여상의 별칭. 강여상은 뛰어난 재능이 있으면서도 늙을 때까지 시골에서 가난하게 살았다. 어느 날 사냥을 하던 문왕이 그를 만나 군사전략가로 모시고 주나라를 일으켜 천하를 다스렸다.

모양이 선명하게 그려져 있고, 또 다른 그림에는 시의 세계에서는 황
제라는 이태백이 채석강 밝은 달빛 아래 포도주를 취하게 먹고 물에
비친 달을 잡으려고 고운 손을 가만히 드러내고 있는 풍경이 뚜렷하
게 그려져 있었다. 또 저쪽을 보니 다른 그림이 걸려 있었는데, 한나라
고조 유비가 와룡 선생 제갈공명을 만나 보려고 남양 땅의 초당으로
눈보라가 몰아치는 속에 걸음이 날랜 적토마를 타고 뚜벅뚜벅 한없이
가는 모습이 뚜렷이 그려져 있었다. 또 다른 쪽을 보니 푸른 하늘에
외기러기가 짝을 잃고 '끼룩끼룩' 울며 가는 모습이 그려져 있고, 또
한쪽에는 벼슬 없이 산속에 묻혀 사는 두 노인이 한가롭게 앉아 있는
모습이 그려져 있었다. 또 한쪽에는 한나라 때 난리를 피해 상산에 숨
어 살며 임금이 불러도 나가지 않고 바둑을 두며 살았다는 네 노인이
바둑판을 앞에 놓고 흑백 바둑알 두는 모습이 그려져 있었다. 그리고

다른 쪽에는 대동강의 아름다운 풍경을 이모저모 그려 놓았다.

차례대로 구경을 다 하고 나니 옥단춘이 술상을 들고 왔다. 춘은 맛 좋은 계강주를 유리잔에 가득 부어 이혈룡에게 권하며 권주가 한 곡 을 불렀다.

"잡으시오, 잡으시오. 한 잔 한 잔 또 한 잔이라. 이 술은 보통 술이 아니라 한무제가 장수하려고 승로반에 이슬을 받아 빚은 술이니, 이 술 한 잔 마시면 천년만년 사시리다. 전에 한 번도 뵌 적이 없으나 내 일 보면 구면이라."

- **이태백(李太白)** 중국 당나라의 시인. 이별과 자연을 제재로 한 작품을 많이 남겼으며, 시선(詩仙)으로 칭해 진다. 술과 달을 특히 좋아했는데, 채석강에서 술을 마시며 뱃놀이를 하던 중 수면에 비친 달을 건지려다 물 에 빠져 죽었다는 설이 전해진다.
- **유비(劉備)** 중국 삼국 시대 촉한의 제1대 황제. 후한의 영제 때에 황건적을 쳐서 공을 세우고, 뒷날 제갈량 의 도움을 받아 오나라의 손권과 함께 조조의 대군을 적벽에서 격파했다.
- **제갈공명(諸葛孔明)** '제갈량'의 성과 자(字)를 함께 이르는 말. 제갈량은 뛰어난 군사 전략가로, 유비를 도 와 오나라와 연합하여 조조의 위나라 군사를 대파하고 파촉을 얻어 촉한을 세웠다.
- **적토마(赤兎馬)** 중국 삼국 시대에 관우가 탔다는 준마의 이름. 빠른 말을 이르는 말로도 쓰인다.
- **벼슬~노인** 소부와 허유. 요임금이 나이가 들어 왕위를 물려줄 만한 사람을 물색하다가 기산에 은둔하고 있 는 허유를 찾아갔다. 그러나 허유는 요임금의 청을 거절하고, 더러운 이야기를 들었다면서 영수라는 물에 귀를 씻었다. 말을 끌고 가다가 이를 본 소부는 귀를 씻은 더러운 물을 말에게 먹일 수 없다면서 그곳을 피 해 다른 곳으로 갔다.
- **한나라~노인** 중국 진(秦)나라 말기, 세상이 어지러울 때 상산의 깊은 골짜기에 네 사람의 은사가 세상을 피해 숨어 살았는데, 그들은 폭정을 피하고 세상일을 잊어버리기 위해 매일같이 바둑으로 소일했다고 한 다.
- **계강주(桂薑酒)** 계피와 생강을 넣어 맛과 향취를 돋운 술.
- **권주가(勸酒歌)** 술을 권하는 노래.
- **한무제(漢武帝)** 중국 전한의 제7대 황제. 유교를 국교로 지정했으며, 유교만 인정한 이러한 정책은 그 뒤 동아시아 역사에 많은 영향을 끼쳤다. 군사적 정복으로 잘 알려져 있기 때문에 죽은 뒤 '무력'을 뜻하는 무 제라는 시호를 받았다.
- **승로반(承露盤)** 하늘에서 내리는 장생불사의 감로수를 받아먹기 위해 만들었다는 쟁반.

춘이 술을 권하니 이혈룡이 한
잔 두 잔 거푸 마시는 사이에 취했다. 이
혈룡이 취하여 말하기를,

"지난날의 일을 생각하면 세상일이 허망하
기만 하구려. 꿈인 듯한 이 자리의 재미를 어
떻게 다 말로 하리오."

했다.

이럭저럭 노니는 사이에 세월은 흘러갔다. 그러던 차
에 왕이 세자를 낳았는데 세자 탄생을 기념하여 과거를
본다는 소문이 들렸다. 이 소문을 들은 옥단춘이 기뻐하며 이
혈룡에게 말했다.

"과거 본다는 소문이 있으니 낭군님은 과거 시험 보러 가옵소서. 충
신의 자손으로 이런 기회를 어떻게 헛되이 보내겠소."

그러자 이혈룡이 말했다.

"그대의 말이 당연하나, 고향에 계신 우리 어머니가 밤낮으로 오늘이나 올까 내일이나 올까 초조하게 나를 기다리실 생각을 하면 내가 오늘까지 어떻게 몸 편안하게 있을 수 있겠소. 이러고 있는 것이 불효막심한 일이라는 걸 내가 어찌 모르겠소만, 이 모양 이 꼴로 경성으로 올라가 무슨 면목으로 어머님과 아내를 대하겠소."

혈룡은 슬퍼 두 눈에 눈물을 주루룩 흘렸다.

춘이 위로하며 말하기를,

"우선 힘을 다하여 과거를 보시고 입신양명하면 세상에 이름을 빛내게 될 것입니다. 그러니 너무 걱정하지 마시고 빨리 올라가옵소서."

하고 짐을 꾸려 길 떠날 준비를 하면서 다시 당부했다.

"이 길로 올라가시되 가시는 길에 새문 밖의 경기 감영 앞에 있는 이 섬부 댁을 찾아가시오. 거기 가면 제가 부탁한 말씀도 있고 제 하인도 그 댁에 있으니, 그 하인을 데리고 과거 보러 가는 동안 부리십시오."

이렇게 부탁을 한 뒤에 춘이 덧붙여 말했다.

"이제 이별하지만 뒷날 다시 만날 것이오니 조금도 섭섭하게 생각하지 마옵소서. 과거를 치러 입신양명하신 뒤에 고향에 계신 어머님 안녕하시거든 빨리 돌아오시옵소서."

둘이 손을 잡고 이별할 때 애틋한 정을 가누지 못하고 슬퍼했다.

• **새문** '돈의문'의 다른 이름. 숭례문, 흥인문 따위보다 늦게 새로 지었다는 뜻으로 이렇게 이른다.
• **감영**(監營) 조선 시대에, 관찰사가 직무를 보던 관아.

원자가 태어났으니 과거를 열도록 하라!

과거는 3년마다 정기적으로 실시되는 식년시와 특별 시험인 각종 별시가 있었어요. 식년시 문과의 경우 각 지방에서 치르는 1차 시험인 초시를 거쳐, 한양에서 2차 시험인 복시를 치르고, 다시 궁궐에서 최종 시험을 치렀다고 합니다. 오늘날 행정고시의 1차, 2차, 3차 면접 시험과 비슷했어요. 별시는 특별한 일이 있을 때 기념으로 치렀는데, 대표적으로는 새 왕이 즉위할 때 실시하는 증광별시가 있었지요. 그리고 《옥단춘전》에서 세자를 낳았을 때 과거를 치르는 것처럼 여러 종류의 시험이 수시로 실시되었어요.

왕의 문묘 참배를 기념하는 '알성과'

'알성시'라고도 하는데, 왕이 문묘에 참배한 뒤 성균관 유생에게 글을 짓는 시험을 보여 성적이 우수한 몇 사람에게 급제를 주는 것입니다. 알성 문과는 다른 시험과는 달리 단 한 번의 시험으로 급락이 결정되었으며, 왕이 몸소 참여한 가운데 실시했습니다. 고시 시간이 짧아 응시자들이 충분한 실력을 발휘할 수 없는 한계가 있었지만, 시험 당일에 바로 합격자를 발표했어요. 왕이 몸소 참여했기 때문에 왕의 눈에 바로 들 수 있는 장점이 있었다고 합니다.

경사스런 일을 축하하는 '경과'

왕이 맏아들을 얻으면 구리종을 쳐서 아기의 출생을 만천하에 알리는 한편, 종묘에 원자의 탄생을 고하고 만조백관의 축하 인사를 받았어요. 산모와 산실청 관리에게는 왕이 상을 하사했는데, 상으로는 길이 잘 든 말 한 필, 쌀, 베 등을 주었으며, 백성들에게는 사면령을 내렸어요. 그리고 '경과'라는 과거 시험을 시행했답니다. 원자의 탄생 외에도 경사스런 일이 있을 때면 시행했던 시험이지요.

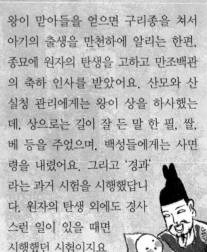

제주에서 특산물이 올라오면 '황감제'

해마다 동짓달이나 섣달에 제주 목사가 귤·유자·감 따위의 특산물을 진상하면 그 일부를 성균관과 사부학당의 유생들에게 나누어 준 뒤 시제를 내려 유생들을 시험했다고 합니다. 시험 시간은 짧았고 합격자도 그날 결정되었다고 합니다. 합격자는 한두 명 정도였다고 해요. 그리고 성균관 유생들에게는 귤을 한 개씩, 방외 유생들에게는 사분의 일씩 나눠 줬다고 하는군요.

노인들만 응시할 수 있는 '기로과'

'기로정시'라고도 하는데, 노인들만 응시할 수 있었던 시험입니다. 왕이나 왕비, 대비, 대왕대비 등이 60세 혹은 70세가 되는 해에 실시했다고 합니다. 60세 또는 70세 이상자에게 응시 자격을 주었고, 단 한 번의 시험으로 급락을 결정했어요. 합격자 수는 실시할 때마다 달랐는데, 많으면 대여섯 명, 적으면 두세 명을 뽑아 각 과 장원이나 합격자 전원에게 통정대부의 품계를 주는 등 매우 우대했다고 합니다. 최고 기록 보유자는 고종 때 85세에 합격한 정순교라는 인물이라고 합니다.

철 따라 보던 과거 '영절제'

1월 7일, 3월 3일, 7월 7일, 9월 9일에 실시했던 시험입니다. 성균관과 지방 유생을 대상으로 했는데, 성균관 유생만을 대상으로 할 때는 성균관의 출석 점수로 자격을 부여했다고 합니다. 성균관의 진사 식당 앞에는 매일 밥 먹을 때 사인을 해야 하는 도기라는 출석부가 있어 매일 1점을 부여했는데, 성균관 유생을 대상으로 하는 영절제의 경우 50점 이상이어야 시험 자격이 주어졌다고 합니다.

장원 급제하고 암행어사가 되다

이혈룡은 서울로 올라가는데, 새문 밖에 이르니 비로소 고향에 온 듯 싶었다.

우선 이섬부 댁을 찾아가니 하인이 안내를 하는데, 매우 크고 좋은 집은 아니었지만 십여 간 되는 집이 단정했다. 솟을대문 앞에서 하인들이 한꺼번에 정중하게 인사를 하고 집 안으로 모셨다.

이혈룡이 하인에게 물었다.

"이 댁이 뉘 댁이냐?"

그러자 하인들이 대답했다.

"이 댁은 서방님 댁입니다."

* **솟을대문** 행랑채의 지붕보다 높이 솟게 지은 대문.

이 말을 들은 이혈룡이 깜짝 놀라서 안으로 들어가니 늙은 어머니가 앉아 있었다. 이혈룡은 어머니 앞으로 달려가 땅에 엎드려 슬피 울며 말했다.

"불효자 혈룡이 돌아왔사옵니다. 어머님은 그동안 안녕하셨는지요. 불효한 이 자식을 생각하며 여태까지 기다리셨사옵니까?"

어머니가 깜짝 놀라면서 혈룡의 손을 잡고 슬피 울며 말했다.

"혈룡아, 너는 충신의 아들이다. 효성이 이렇게 지극하니 어찌 기쁘지 않겠는가. 네가 평양에 간 뒤로 먹고살기 어려워 근근이 지냈는데, 평양 감사가 보낸 재물을 가지고 집안 살림살이도 넉넉해지고 노비와 논밭을 많이 샀으니 늙어 말년의 재미가 풍족하고 편하다마는, 네가 언제나 돌아오나 기다리며 밤낮으로 한탄을 했다. 그런데 이제 너를 보니 어찌 즐겁지 않으며 반갑지 않겠는가. 죽었던 자식 다시 본 것 같으니 이제 죽어도 여한이 없다. 너는 낯선 객지에서 고생이 얼마나 심했겠는가."

어머니의 말을 들으면서 혈룡은 그것이 춘이 한 일이라는 것을 깨닫고 마음속으로 크게 칭찬하다가 부인을 돌아보며 말했다.

"부인은 어머니 모시고 얼마나 고생이 많았소?"

부인이 반갑게 말했다.

"저는 서방님 덕택으로 쇠잔한 목숨을 이을 수 있었으니 그 은혜가 너무도 큽니다. 또한 평양 감사의 은혜를 어떻게 갚아야 할지 모르겠습니다."

이 말을 들은 혈룡이 하는 수 없이 그간 있었던 앞뒤 사정을 자세히 이야기했다. 어머니와 부인은 혈룡의 이야기를 듣고 혈룡이 죽을 고생을 한 상황을 생각하며 슬피 울었다. 그리고 춘이 죽을 지경에 이른 혈룡을 구한 사실을 듣고는 그 은혜를 서로 칭찬하고 고마워했다.

어머니와 부인을 오랜만에 만나니 서로 그리워했던 마음을 풀어 놓으며 다시 집안이 화목해졌다. 어머니는 죽었던 자식을 다시 본 듯하고, 부인도 죽었던 낭군을 다시 만난 듯하여 잠시도 서로 곁을 떠나지 않으려고 했다.

이렇게 지내는 동안 과거 날이 다다랐다. 혈룡은 어머니 곁을 떠나 과거장으로 갔는데, 그곳에는 팔도의 선비들이 구름같이 모여 있었다. 글제를 살펴보니 '천하태평춘(天下泰平春)'이었다.

혈룡은 머릿속으로 글 지을 구상을 하면서 벼루에 먹을 갈았다. 조맹부의 글씨체를 따라 단숨에 써내려 간 뒤에 글을 바쳤다.

임금이 혈룡의 글을 보고 글자마다 칭찬하고 구절마다 감탄했다.

임금이 칭찬해 말하기를,

"참으로 빼어난 재주로다. 이 글씨와 글을 보니 이 사람은 범상치 않은 사람이다."

하고는 과거 시험의 장원에다 한림의 벼슬을 내린 뒤 즉시 대궐로 들

• **글제** 글의 제목.
• **조맹부(趙孟頫)** 중국 원나라의 화가·서예가·문인. 서화와 시문에 뛰어나서 원나라의 사대가(四大家) 가운데 한 사람으로 꼽는다. 후대의 서예에 큰 영향을 준 '조체(趙體)'라 불리는 독창적인 글씨를 만들었다.
• **한림(翰林)** 조선 시대 벼슬에서 '한림'은 없었으나, 예문관의 참하관인 봉교, 대교, 검열 등이 해당 관서의 실무를 담당하고 사관(史官)을 겸하는 영예로운 관직으로 특별히 한림이라고 불렀다.

라는 명을 내렸다.

　이 한림이 대궐로 들어가니 임금이 칭찬하기를,

　"충신의 자식은 충신이요, 소인의 자식은 소인이라. 용모를 살펴보
니 위엄 있고 귀한 인상에다 몸가짐이 반듯하구나."
하고 칭찬해 마지않았다. 한림이 엎드려 아뢰기를,

　"소신같이 재주 없고 능력 없는 것을 충신의 자식은 충신이라 하시
니 황공하여 몸 둘 데가 없사오며, 또한 한림학사의 벼슬을 내리시니
더욱 황공하옵니다."

　이혈룡이 거듭하여 감사하고 물러 나와 큰 잔치를 베풀고 이웃 사
람들과 친지들을 초청하여 경사를 축하한 뒤에 한편으로 생각하니,

　'평양 감사 김진희의 의리 없고 도리에 어긋난 행동을
나만 당했겠는가. 죄 없는 백성은 무슨 죄로 한
사람의 학정 때문에 평양 전체가 결딴나도
록 짓밟혀야 한단 말인가?'

　곰곰이 생각하니 이러한 일을 임금께 아
뢰지 않을 수 없다는 생각이 들어 그간 있었던
일을 상세히 기록하여 임금께 바쳤다. 이것을

● 학정(虐政) 포학하고 가혹한 정치.

받아 본 임금이 수없이 탄식하고는 겉봉을 봉한 편지 석 장을 내리며 직접 이르기를,

"첫 봉투는 새문 밖에 가서 떼어 보고, 둘째 봉투는 평양 가서 떼어 보고, 셋째 봉투는 나중에 떼어 보라."

하면서 조심해서 다녀오라 이르니, 한림이 임금의 은혜에 감사의 절을 올리고 즉시 물러 나와 어머니와 부인에게 하직 인사를 했다.

새문 밖을 나서서 첫 봉투를 떼어 보니 '평안도 암행어사 이혈룡'이라 적힌 편지와 마패가 들어 있었다. 이혈룡이 다시 임금의 은혜에 감사하는 절을 올리고 암행어사가 입는 수의를 꺼내어 입고 마패를 찬 뒤에 마음이 바빠서 급히 내려가는데, 정신이 씩씩하고 뜻한 바를 이루어 만족한 마음이 얼굴에 가득했다.

며칠 만에 평양에 다다르니 산도 옛날 보던 산이요, 물도 옛날 보던 물이었다. 이 어사가 "연광정도 잘 있으며, 대동강도 탈 없이 잘 있느냐." 하며 좌우 산천을 살펴보니 무산 십이봉은 구름 밖에 솟아 있고, 산천에는 온갖 화초가 활짝 피어 있고, 맑은 강가의 버들가지에는 황금 같은 꾀꼬리가 봄기운을 못 이겨 노닐고 있었다.

"나는 서울 가서 부모와 처자식을 만나 보고 내려온다. 대동강의 배야, 나를 싣고 한없이 넓은 물 위를 둥둥 떠서 가던 배야, 내 오는 줄 모르고 어디 가서 매였느냐. 자연 경치도 새롭다. 푸른 하늘에 저 구름은 내가 오는 모습을 보고 뭉실뭉실 피어 있고, 맑고 푸른 물결 위의 저 갈매기들은 무심하기도 하다. 나를 어찌 모르는가. 강물은 은은하게 건넛산을 둘러 있고, 숲에서 나온 저 물새는 봄을 즐기느라 짝

을 지어 쌍쌍이 날아들고, 곱게 차려입은 기생들은 이리저리 왔다 갔
다 하고, 크고 넓게 잘 지은 집들이 좌우로 늘어서 있으니 이것이 바
로 천문만호 아닌가."

　이 어사가 역졸들을 단속하여 각자 맡은 곳으로 보낸 뒤에 둘째 봉
투를 떼어 보니 '암행어사 출또하고 감사 봉고파직하라.' 하는 내용이
었다. 다시 역졸들을 단속한 뒤에 춘의 집으로 가서 대문 밖에서 살펴
보니 바로 앞도 볼 수 없는 깜깜한 깊은 밤이었다.

---

* **수의(繡衣)** 암행어사가 입던 옷. 암행어사를 '수의사또'라 부르기도 했다.
* **무산 십이봉(巫山十二峯)** 선경을 이르는 표현.
* **천문만호(千門萬戶)** 수많은 백성들의 집.
* **봉고파직(封庫罷職)** 어사나 감사가 못된 짓을 많이 한 고을의 원을 파면하고 관가의 창고를 봉하여 잠금.
　또는 그런 일.

낭군님이
거지 꼴로 나타나니

이때 춘이는 서방님 가신 다음에 몸이 아프다는 핑계를 대고 물러 나온 뒤, 임 생각 절로 나서 노래를 지어 불렀으니,

"오늘 올까, 내일 올까? 오늘이나 소식 올까, 내일이나 편지 올까? 주야장천 문밖으로 나가서 기다려도 소식이 아주 끊겨 독수공방 빈방 안에 게 발 물어 던진듯이 외로이 홀로 앉아 생각하니 임 생각이 절로 나네. 임의 음성 귀에 쟁쟁하고 옥 같은 임의 모습 눈에 보이는 듯 또렷하네."

때는 춘삼월 좋은 시절이었다. 봄꽃은 활짝 피었는데 황금 같은 꾀꼬리는 버들가지에 날아들어 노닐었다. 좌우 산천을 둘러보니 꽃은 피어 온통 꽃으로 덮인 꽃산을 이루었고, 나뭇잎은 피어서 온통 푸르니 겹겹이 둘러싸인 푸른 산이 더없이 좋았다. 이런 경치를 구경하니 임

생각이 절로 나서 거문고를 찾아내어 섬섬옥수 고운 손을 넌짓 들어 줄을 골라 잡고 연주하며 노래를 지어 불렀으니,

"임아 임아, 낭군님아, 전생의 연분으로 청실홍실 이루지는 아니하였지만, 눈 정으로 만난 정이 남과는 유달라서 배가 고파 밥을 먹으려고 밥상을 당겨 놓고도 임 생각나면 한 술도 전혀 못 먹겠소. 그런데도 낭군님은 이런 줄을 모르는지 어이 그리 더디 오는가. 한신처럼 도중에 빨래하는 아낙네를 만나 주린 배를 채우는가. 홍문연 높은 잔치에 가서 패공 유방을 구하는가. 계명산 가을 달밤에 장량의 옥퉁소 소리에 팔천 제자가 모두 헤어져 못 오는가. 항우의 어리석은 고집 때문에 범증의 말 안 듣고 팔천 제자 모두 달아난 뒤에 천하일색 우미인

- **주야장천(晝夜長川)** 밤낮으로 쉬지 아니하고 연달아.
- **독수공방(獨守空房)** 혼자서 지내는 것.
- **빈방~던진듯이** 할 일을 다했다고 내버려 두어 아주 외로운 처지가 되었다는 뜻.
- **청실홍실** 혼례에 쓰는 남색과 붉은색의 명주실 테. 신랑 집에서 신부 집으로 혼인을 청할 때 청홍(靑紅)의 두 끝을 따로따로 접고 그 허리에 색깔이 엇바뀌게 낀다. 여기서는 혼례, 부부 등을 뜻한다.
- **한신처럼~채우는가** 한신은 한고조를 도와 한나라를 통일한 뒤 초왕에 봉해진 인물. 젊어서 몹시 가난했던 한신을 불쌍히 여겨 빨래하던 여인이 한신에게 밥을 주어 굶주림을 면할 수 있었다.
- **홍문연~구하는가** 진의 초회왕이 관중을 먼저 차지하는 자에게 관중왕의 작위를 내리겠다고 천하에 공표하자, 모든 사람은 항우의 승리를 점쳤다. 하지만 유방이 먼저 관중의 중심인 함양성에 도착했다. 사십만 대군을 이끌고 함양으로 들어온 항우는 홍문연에서 연회를 열었다. 범증의 계책으로 유방을 죽이려 한 것이다. 그러나 이 자리에 참석한 유방은 항우에게 말했다. "싸움을 하다 보니 제가 패왕보다 운이 좋게 함양성에 먼저 도착한 것입니다. 저는 애초부터 관중왕이 될 생각이 없었는데 몇몇 간신이 패왕과 제 사이를 이간질을 하고 있습니다." 항우는 망설임 끝에 결국 유방을 살려서 보내 주게 된다.
- **계명산~오는가** 유방의 부하 한신이 항우를 사로잡기 위해 포위하고 있었으나 항우의 힘이 워낙 강해서 도저히 잡을 수가 없었다. 그러자 장량이 한신과 상의한 뒤에 계명산에 올라가 옥피리를 불기 시작했다. 때는 늦은 가을, 서리는 차고 달은 휘영청 밝았다. 고향에 부모처자를 두고 멀리 떠나와 전쟁에 참여하고 있는 항우의 장졸들은 찬바람 달빛 속에 고향을 그리던 중 간장이 녹을 듯 처량한 옥퉁소 소리에 참을 수 없는 그리움이 북받쳐 올랐다. 그들은 싸우려는 의욕을 잃고 한 사람 한 사람 진을 벗어나 도망쳐서 고향으로 달아나고 말았다.

과 이별하는 장면을 구경하시는가. 천리마 타고 오실 걸음이 어찌 그리 더딘가. 임아 임아, 서방님아, 과거에 떨어져 무안해서 못 오시는가. 과거에 급제한 뒤에 조정의 내직으로 계시는가. 신분이 귀한 몸이 되어서 나를 아주 잊었는가. 설마 사람이라면 어찌하여 잊겠는가. 오가는 사람 없어 그러한가, 편지 한 장 없으니 소식이 아득하다. 과거 시험을 보았으면 급제도 했을 텐데 운 없이 떨어지고 말았는가. 어찌 그리 더디단 말인가. 야속하다, 낭군님아. 무정하기도 하구나. 깜깜한 한밤중에 앉아 기다린들 임이

올까, 누워 있은들 잠이 오나. 흐르는 것이 눈물이요, 한숨을 벗 삼고
생각하는 것은 오직 임이로다."

● **항우의~구경하시는가** 항우가 한신에게 포위되어 있는 상황에서 한신의 군대는 사로잡은
초나라 군사들에게 초나라 노래를 부르게 했다. 항우는 한나라 군대가 이미 초나라를 점령
한 것으로 오해하고 마지막 잔치를 열고 자신이 사랑하는 연인 우미인더러 유방에게 가서
목숨을 보전하라고 한다. 그러나 우미인은 두 사람을 섬길 수 없다며 자결하고, 항우도 뒤에
자결한다.
● **내직(內職)** 궁 안에서 근무하던 일. 또는 그런 직무.

하며 거문고를 선뜻 들어 새 줄을 매어 고른 뒤에 잡고 '둥기둥기 둥
두기 두덩기 두덩기데 둥실둥실' 한참을 타고 있을 때 어사 하는 모습
보소. 중문 안으로 들어가서 모습을 험상궂게 꾸미고 '어험' 하는 기
침 소리를 내니 백두루미가 깜짝 놀라 짧은 목 길게 늘여서 '끼룩끼룩'
우는 소리를 냈다. 그 소리에 옥단춘이 깜짝 놀라 거문고를 무릎 아래
내려놓고 문을 열고 하는 말이,

"거기 누구시오. 들어오시오. 누가 와서 날 찾으시오? 날 찾을 사람
이 없건마는 뉘가 와서 날 찾는가. 기산 영수 맑은 물의 소부 허유가

- **산림처사~찾는가** 도연명은 중국 동진·송대의 시인으로, 문 앞에 버드나무 다섯 그루를 심어 놓고 스스로 오류(五柳) 선생이라 칭했다. 관직 생활을 하다가 항상 전원생활에 대한 사모의 정을 달래지 못한 그는 41 세 때 누이의 죽음을 구실삼아 관직을 사임한 뒤 재차 관계에 나가지 않았다. 이때 관직을 물러나면서 쓴 작 품이 유명한 〈귀거래사(歸去來辭)〉다. 산림처사란 벼슬이나 세속을 떠나 시골에 묻혀 글을 읽고 지내는 선 비를 일컫는 말이다.
- **남양의~찾는가** 제갈량은 촉한의 걸출한 정치가이자 군사가로, 고향인 남양의 초려에서 농사 지으며 공부 를 했다고 한다. 가슴에 큰 뜻을 품고 마음을 천하의 추이에 두었다 하여 '와룡(臥龍)'이라 불렸다. 유비가 세 번이나 찾아가 도움을 청하자, 그는 중요한 방책을 제시하면서 그때부터 유비를 돕게 된다.
- **밀양읍의~찾는가** 운심은 조선 영조 때 춤으로 명성이 자자했던 밀양 출신의 기생으로, 칼춤 솜씨가 당대 으뜸이었다고 한다.
- **당나라의~찾는가** 양 귀비는 중국 당나라 현종의 후궁으로 귀비의 칭호를 얻었다. 그녀는 중국 역사상 절 세의 미인으로, 현종이 그녀에게 빠져 국정을 돌보지 않자 잇달아 반란이 일어났고, 양 귀비는 안녹산의 난 때 죽었다. 앵속, 아편꽃 등으로도 불리는 양귀비꽃은 양귀비만큼 아름답다고 하여 붙여진 이름이다.
- **금강산의~찾는가** 조선 인조 때 바둑 두기와 통소 불기를 좋아하는 이득춘이라는 정승이 살고 있었는데, 하루는 허름한 차림의 박 처사라는 사람이 찾아왔다. 박 처사는 자신이 금강산에 살고 있는데 바둑 두기와 통소 불기를 즐긴다고 했다. 두 사람이 바둑을 두었는데 박 처사의 솜씨는 인간의 재주라고 보기 어려울 정 도였다. 그리고 통소를 불었는데, 이득춘이 통소를 불자 창 앞에 핀 모란꽃이 송이송이 떨어졌다. 그런데 박 처사가 통소를 불자 모란꽃이 삽시간에 다시 피어 예전의 아름다움을 뽐냈다. 이어 두 사람은 이득춘의 아 들인 이시백과 박 처사의 딸 박 소저를 혼인시키기로 한다. 박 소저는 인물이 흉측해 가까이하기를 꺼릴 정 도였는데, 나중에 허물을 벗어 미인이 되고 도술로 나라를 구한다. 소설 《박씨전》에 나오는 내용이다.
- **기산 영수~옥저 불자고 날 찾는가?** 〈마부타령〉, 〈양주소놀이굿〉 등의 노래에 상투적으로 들어 있는 내용 이다.

날 찾는가? 채석강 이태백이 달 보자고 날 찾는가? 산림처사 도연명
이 술 먹자고 날 찾는가? 난리 피해 상산으로 피신한 네 노인이 바둑
두자고 날 찾는가? 남양의 와룡 초당에 머무는 제갈량이 병서를 의논
하자고 날 찾는가? 밀양읍의 운심이가 놀이 가자고 날 찾는가? 당나
라의 양 귀비가 꽃밭에 물 주자고 날 찾는가? 삼사월 좋은 철에 천하
문장 김 생원이 풍월 짓자고 날 찾는가? 금강산의 박 처사가 옥저 불
자고 날 찾는가? 누가 와서 날 찾는가? 서울 가신 서방님이 편지 보내
서 날 찾는가?"

하며 이리저리 살펴보니 어떤 거무스레한 사람이 아무런 기척도 없이
앉아 있었다. 옥단춘이 깜짝 놀라서,

"웬 사람이 깜깜한 밤늦은 시간에 주인 모르게 들어와서 기척 없이
엿보느냐. 비록 조선이 작은 나라이나 예의를 중시하는 나라인데, 아
무리 무식한들 남녀가 유별하거늘, 남의 안뜰에 들어와서 자취 없이
앉아 있으니 이런 괘씸하고 엉큼한 일이 어디 있느냐. 너는 분명 도적
이 아니냐?"

옥단춘이 늙은 사내종을 부르면서
호통쳤지만 그는 꿈쩍도 않고 앉
아 있었다. 도둑놈 같으면 도망
칠 텐데 태연하게 앉았으니 의
아한 일이었다. 괴이하다는 생
각을 하며 옥단춘이 등불을 켜
들고 다가가니 어떤 사람이 고

개를 푹 숙이고 앉아 있었다. 옥단춘이,

"어떤 사람이기에 여기 와 있소?"

하며 아무리 물어도 대답이 없었다. 춘이 한편으로 겸연쩍기도 하고 화도 나서 와락 떠미니 그제야 고개를 들고 하는 말이,

"한양 낭군 내가 왔네. 그동안 잘 있었나?"

하니 춘이 깜짝 놀라 손을 잡고 하는 말이,

"한양 낭군 누가 왔소. 한양 낭군 누가 왔소. 어서 들어가세요. 방으로 들어가세요."

방으로 들어가며 하는 말이,

"이것이 웬일이오. 과거 급제는 못할망정, 모습은 왜 이 꼴이 되었소. 내 집이 누구 집이라고 날 그다지 속이시오. 저는 서방님 가신 뒤로 일각이 여삼추로 애가 타서 죽는 줄 알았소. 독수공방 빈방에 게 발 물어 던진듯이 외롭게 홀로 앉아 수심으로 세월을 보내면서 오늘 올까 내일 올까 밤낮 쉬지 않고 기다렸소. 그러나 가신 뒤로 소식은 딱 끊어지고 근심 걱정을 주체할 수 없었소만, 낭군님은 어찌 그리 무정하시오."

하면서 한편으로는 계집종 매월이를 불러 목욕물을 데워 오게 해서 혈룡을 목욕시켰다. 그런 뒤 섬섬옥수 고운 손으로 대모빗을 집어 들

일각(一刻)이 여삼추(如三秋) 일각은 한 시간의 4분의 1, 곧 15분을 뜻하고, 삼추는 가을의 석 달이나 세 해의 가을을 뜻한다. 그러니까 짧은 동안도 3년같이 생각된다는 뜻으로, 기다리는 마음이 간절함을 비유적으로 이르는 말이다.

대모빗 거북 껍질로 만든 빗.

고 잔뜩 헝클어진 머리카락을 가만가만 빗겨서 상투를 짜고 산호 동곳, 호박 풍잠에다 석류 동곳, 옥동곳을 멋있게 꽂았다. 그러고는 자개 함롱 반닫이를 활짝 열어젖히고 아름다운 비단옷을 꺼내어 통영갓에다 외올로 뜬 망건이며, 쥐꼬리 당줄에 비단 갓싸개며 호박 풍잠, 관자까지 모두 달아서 새 의복에 새 의관을 깨끗이 갈아입히고 서방님 얼굴 다시 보니 어찌 즐겁지 않겠는가?

"임아 임아, 낭군님아, 이처럼 좋은 얼굴이 어쩌다 그 지경이 되어 왔소?"

이혈룡이 대답하기를,

"본집에 올라가 보니 수십여 명 식구들이 무슨 까닭인지 살림이 넉넉하고 노비며 논밭이 풍족하게 지내고 있었네. 어찌 된 일인지 그 까닭을 물은 뒤에야 그대가 재물을 많이 보내서 호의호식하며 지내는 줄을 비로소 알게 되었네. 그대의 은혜를 생각하면 백골난망일세. 온 가족이 더불어 그대의 은혜에 고마워하며 잘 지내던 중에 빚쟁이들이 몰려들어 빚을 갚으라고 성화를 부리지 않겠나. 이전에 곤궁할 때 남의 빚을 수천 냥 지고 있었는데, 우리가 풍족하게 지낸다는 소문을 듣고 빚쟁이들이 몰려든 게지. 양반 체면에 빚을 갚지 않을 수 없어 재물을 모두 팔았지만 빚 갚기에는 부족했네. 그 바람에 과거 시험도 보지 못하였으니 그대 볼 면목이 없어서 오지 않으려 했으나, 그렇게 하는 것은 너무 배은망덕한 일이 될 것 같아 오게 되었네. 그런데 안 되는 놈은 뒤로 자빠져도 코가 깨진다고 오는 도중 주막에서 자다가 도적한테 의복을 다 빼앗기고 이런 거지꼴이 되었으니, 그대 볼 면목이 없어 무안하여 그리했네."

춘이 대답하기를,

"일생을 살다 보면 무슨 일인들 안 당하리까. 한탄도 원망도 마시고
아예 근심 걱정일랑 마세요. 과거는 천운에 달린 것이니 올해 못 보았
다고 해도 다음에 다시 보면 될 것입니다. 내 집에 낭군님 입으실 옷이
없겠소, 드실 밥이 없겠소. 그만한 일로 대장부가 근심하면 어찌 큰일
을 할 수 있겠소."

하고 위로하니 애틋한 마음은 가늠하기 어려웠다.

- **동곳** 여자들의 비녀처럼, 남자들이 상투를 튼 뒤에 그것이 다시 풀어지지 않도록 꽂는 물건. 금·은·옥·산
  호·밀화·나무 따위로 만드는데, 대가리가 반구형이고 끝은 뾰족하여 굽은 것과 굽지 않은 것, 또는 말뚝같
  이 생긴 것 따위가 있다. 석류 동곳은 석류 무늬로 장식을 한 것이다.
- **풍잠(風簪)** 망건의 당 앞쪽에 대는 장식품. 쇠뿔, 호박, 대모, 금패 따위로 만들며, 여기에 갓모자가 걸려서
  바람이 불어도 뒤쪽으로 넘어가지 않는다.
- **자개 함롱** 자개 장식을 한 농. 자개는 금조개 껍데기를 썰어 낸 조각으로, 빛깔이 아름다워 여러 가지 모양
  으로 잘게 썰어 가구를 장식하는 데 쓴다. 함롱은 옷을 넣는, 큰 함처럼 생긴 농이다.
- **반닫이** 앞의 위쪽 절반이 문짝으로 되어 아래로 젖혀 여닫게 된, 궤 모양의 가구.
- **통영갓** 경남 통영 지방에서 만든 갓. 또는 그런 양식으로 만든 갓. 품질이 좋고 테가 넓은 것이 특징이다.
- **외올로 뜬 망건** 여러 겹이 아닌 한 가닥의 올로 뜬 품질 좋은 망건. 망건은 상투를 튼 사람이 머리카락을 걷
  어 올려 흘러내리지 아니하도록 머리에 두르는 그물처럼 생긴 물건이다.
- **당줄** 망건당줄. 망건당줄은 망건에 달아 상투에 동여매는 줄이다.
- **갓싸개** 갓의 겉을 바르는 몹시 얇고 살핏한 베.
- **관자(貫子)** 망건에 달아 당줄을 꿰는 작은 단추 모양의 고리. 신분에 따라 금, 옥, 호박, 마노, 대모, 뿔, 뼈
  따위의 재료를 사용했다.
- **백골난망(白骨難忘)** 죽어서 백골이 되어도 잊을 수 없다는 뜻으로, 남에게 큰 은덕을 입었을 때 고마움의
  뜻으로 이르는 말이다.

"내가 조선의 기생이다!"

'기생'이라고 하면 어떤 생각이 드나요? 음주가무에 능한 한량들의 단짝, 어리숙한 양반 자제를 홀리는 요사스러운 여인이 먼저 떠오를지도 모릅니다. 하지만 이 책에 나오는 옥단춘처럼 미모와 절개를 겸비한 데다 뛰어난 학문적·예술적 재능까지 두루 갖춘 기생도 많았습니다. 조선 시대의 내로라하는 기생 다섯 명을 만나 보겠습니다.

청산리 벽계수야
수이감을 자랑마라.

최고의 기생, 황진이

조선 시대 수많은 기생이 이름을 남겼으나 그중에서 최고는 아무래도 중종 때의 송도 기생, 황진이를 꼽을 수 있습니다. 황진이는 어렸을 때부터 총명하고 용모가 출중했는데, 여덟 살 때부터 천자문을 배우기 시작해 열 살 때는 한문 고전과 사서삼경을 읽고 시(詩), 서(書), 음률(音律)에 뛰어났으며 섬세한 예술적 재능을 타고났지요. 황진이는 탁월한 시재(詩才)와 용모로 조선의 문사(文士)들과 교유하며 그들을 매혹시켰습니다. 황진이 주변의 명사로는 학자 서경덕, 재상 송순, 명창 이언방 등이 있고, 황진이에게 망신을 당한 이로는 지족선사와 벽계수가 있습니다.

나라를 위해 몸을 바친 계월향과 논개

평양 기생 계월향은 연광정으로 나들이를 갔다가 그곳에서 무예를 익히던 장부 김응서를 만나게 됩니다. 두 사람은 첫눈에 반했고, 계월향은 김응서의 애첩으로 일부종사를 다짐했습니다. 그러나 곧이어 임진왜란이 발발하자 평양은 아수라장이 되었으며, 병마절도사에 제수된 김응서는 계월향에게 평양을 떠나 피난하도록 했습니다. 월향의 미모에 반한 점령 사령관 소서비는 그녀를 생포해 애첩으로 삼지요. 죽기를 각오한 월향은 소서비의 애첩 노릇을 하며 신임과 사랑을 듬뿍 받아 놓습니다. 그러고는 전쟁 통에 헤어진 오빠라며 적장의 허락을 얻어 김응서를 성안으로 불러들입니다. 큰 잔치가 벌어지자 월향은 왜장의 마음을 허술하게 풀어 놓고 계속 술을 먹여서 만취하게 했습니다. 김응서는 그 틈을 노려 단숨에 왜장의 머리를 베었습니다.

진주 관기 논개는 임진왜란 때 김천일이 거느린 의병이 진주성에 들어가 왜적에 맞서 싸

나는 황금의 소반에
아침볕을 받치고
매화 가지에 새봄을 걸어서,
그대의 잠자는 곁에
가만히 놓아 드리겠습니다.
- 〈계월향에게〉 중, 한용운

나라를 위해
이 한 목숨 바치리라!

천추에 죽지 않는 논개여
하루도 살 수 없는 논개여
그대를 사랑하는 나의 마음이
얼마나 즐거우며 얼마나 슬프겠는가.
나의 웃음이 겨워서 눈물이 되고
눈물이 겨워서 웃음이 됩니다.
용서하여요. 사랑하는 오오 논개여.
- 〈논개의 애인이 되어서 그의 묘에〉 중, 한용운

우다가 마침내 성이 함락되자, 얼굴과 매무새를 아리땁게 꾸미고 촉석루 아래 우뚝한 바위 위에서 힘이 세기로 유명한 왜장 게야무라 로쿠스케를 안고 남강으로 뛰어내렸습니다. 논개가 왜장을 안고 투신할 때 팔이 풀어지지 않도록 열 손가락에 가락지를 꼈다고 전해지는데, 이 가락지는 현재 남강을 가로지르는 진주교 교각 상부에 논개 충절의 상징물로 만들어져 있습니다. 한편 논개가 기생이 아니라 진주성 전투의 지휘관이었던 경상우병사 최경회의 첩이었다는 설도 있습니다. 최경회가 진주성 전투에서 최후까지 버티다가 스스로 남강에 몸을 던져 자결하는 모습을 본 논개가 왜병들이 잔치를 벌일 때 기생으로 위장하고서 그 자리에 참석했다는 것입니다. 논개가 기생이었든 아니었든 의로운 기생 논개의 이야기는 지금까지 널리 알려져 있습니다. 시인 한용운은 논개와 계월향에 관한 시를 남겼습니다.

내가 바로 천하의 명기 운심이다!

검무의 일인자 운심

운심은 경상도 밀양 기생으로 서울로 뽑혀
왔는데 검무로 이름을 날렸다고 전해집니다.
박제가가 묘향산을 여행하고 나서 쓴 여행기
〈묘향산소기〉의 '검무기' 편에 운심이 등장합니다
('검무를 추는 근세의 기생으로 밀양의 운심을 일
컬으니, 내가 본 기생은 그의 제자이다.'). 운심
이 그만큼 널리 알려진 인물이라는 의미겠
지요. 18, 19세기에는 각종 연회에서 검무가
공연되곤 했는데, 운심은 당시 검무의 최고수
였습니다. 운심의 성격을 짐작할 수 있는 일화가
있습니다. 운심이 영변에 있는 명승지 약산동대에 올
랐을 때의 일입니다. 운심은 술에 취해 하늘을 우러러 탄식하며 이렇게 말했습니다.
"약산은 천하의 명승지요 운심은 천하의 명기다. 인생이란 모름지기 한번 죽는 법, 이런
곳에서 죽는다면 더없는 만족이다." 그러고는 벼랑으로 몸을 던졌는데 때마침 곁에 있
던 사람이 운심을 붙잡았기에 망정이지 그렇지 않았으면 그대로 떨어져 죽었을 것입니
다. 이처럼 운심은 아름다움에 도취해 목숨도 버릴 수 있는 열정과 광기를 지닌 예술가
였습니다.

사대부의 문중을 감동시킨 홍랑

홍랑은 경성 관아의 관기였는데, 신분은 비천했으나 문학적인 교양과 미모를 겸비했던
인물입니다. 각종 악기와 가무를 단련하고 문장과 서화 익히기를 게을리하지 않아 문학
적 교양과 재주가 사대부들에 뒤지지 않았습니다. 홍랑의 이런 재주와 성품은 최경창
을 만나면서 빛을 발하게 됩니다. 최경창은 탁월한 문장가면서 악기 다루는 재주 또한
뛰어났던 인물로, 과거에 합격한 뒤 함경북도 경성 지방에 관리로 부임합니다. 두 사람
은 함께 살며 부부처럼 정을 쌓아 갔지만, 임기가 끝난 최경창이 서울로 돌아가게 되었
습니다. 홍랑은 기생의 신분이라 해당 관청에서 다른 지역으로 자유롭게 옮길 수 없
지요. 홍랑과 이별하고 떠나온 최경창은 병으로 자리에 눕고, 소식을 들은 홍랑은 밤낮

쉬지 않고 길을 재촉하여 이레 만에 서울에 도착해 최경창을 찾아갔습니다. 홍랑은 조석으로 최경창의 병수발을 들어 건강은 차츰 회복되었으나 최경창이 홍랑을 첩으로 삼았다는 소문이 퍼지고, 이것이 문제가 되어 최경창은 파직당하고 홍랑은 다시 경성으로 돌아가야만 했습니다. 당시엔 '양계의 금'이라 하여 함경도와 평안도 사람들의 도성 출입을 제한하는 제도를 두었는데, 함원 출신인 홍랑이 기생의 신분으로 그 법을 어긴 것입니다. 홍랑과의 두 번째 만남과 이별 후, 파직을 당한 최경창은 변방의 한직으로 떠돌다 마흔다섯 젊은 나이로 객사하고 맙니다. 홍랑은 최경창의 사망 소식을 듣고 통곡하다가 최경창의 무덤을 찾아 그 앞에 움막을 지어 시묘살이를 시작했습니다. 홍랑은 몸을 꾸미거나 씻지도 않았고, 특히 다른 남자의 접근을 막기 위해 천하일색인 얼굴에 스스로 상처를 내어 훼손했습니다. 그리고 삼년상을 마친 뒤에는 수절하며 최경창의 시 작품들을 지켰습니다. 홍랑이 죽자 해주 최씨 종친은 그녀를 한 집안의 사람으로 받아들여 장사를 지냈습니다. 그리고 최경창 부부의 합장묘 바로 아래, 홍랑의 무덤을 마련해 주었습니다.

암행어사
출또요!

다음 날 춘이 말하기를,

"오늘 평양 감사가 연광정에서 잔치를 벌인다는 영을 내렸으니, 내
가 기생의 몸으로 명을 거역하고 가지 않을 방법이 전혀 없사옵니다.
서방님은 잠시 용서하시고 집에서 쉬고 계시면 곧 다녀오겠습니다."
하고 잔치에 나갔다. 이혈룡도 바로 뒤따라 나가서 역졸을 단속하고
이곳저곳을 기웃거리면서 연광정에서 벌어지는 광경을 구경하러 내
려갔다. 이때 평양 감사는 각 읍의 수령들을 모두 초청하여 잔치를
벌였는데, 잔치판의 각종 기구가 화려한 데다 푸짐한 잔
칫상을 차려 놓고 흥청망청 왁자지껄했다. 때는 바
야흐로 춘삼월 호시절이었다. 좌우 산천을 둘
러보니 꽃은 피어 온통 꽃산을 이루었고,

나뭇잎은 피어서 푸른 청산이었다. 맑은 강가의 버들가지에는 황금 같은 꾀꼬리가 날아들어 노닐고, 두견새며 접동새 같은 온갖 새가 쌍쌍이 모여들었다. 말 잘하는 앵무새며, 춤 잘 추는 학두루미며, 서왕모의 요지 연못에 편지 전하던 청조새며, 겹겹이 둘러싸인 청산에 홀로 앉아 슬피 우는 뻐꾹새는 달 밝은 깊은 밤에 이리 가며 '북국', 저리 가며 '북국북국' 우는 소리가 몹시 처량했다. 그 소리에 어사또는 매우 심란했다. 구경하는 사람들은 곱게 차려입고 오락가락 다니면서 봄 흥취를 못 이겨 춤도 추고 노래도 하며 놀았다. 구경을 다 할 즈음에 어사또 거동 보소. 헌 파립에 헌 의관을 떨쳐입고 이리저리 구경하는데, 의기는 양양하여 대 위로 가려 하니 좌우 나졸들이 달려들어 덜미를 잡고 끌어내며,

"이 미친놈아, 이 자리가 어느 안전이라고 올라가려 하느냐?"

하고 호통치며 심하게 모욕을 했다. 어사또는 헌 파립 헌 의복이 모두 떨어져서 알몸이 보일 지경이었다. 어사또 큰 소리로 감사의 이름을 부르며 소리쳤다.

"네 이놈, 김진희야, 이혈룡을 모르겠느냐?"

하는 소리에 춘이 깜짝 놀라 살펴보니 목소리는 임의 목소리인데 옷차림이 달랐다. 감사가 이혈룡의 말을 듣고 크게 노하여 "이혈룡을 잡아들이라!" 하는 소리가 천지를 진동할 듯했다. 나졸들이 좌우에서 한꺼번에 이혈룡에게 달려들어 머리 꼭뒤에 튼 상투를 휘휘친친 감아쥐고, 뺨도 때리고 등도 밀며 번개같이 잡아들여서 층계 아래에 엎쳐 놓았다.

김 감사가 호령하기를,

"오냐, 이혈룡아. 네 이놈, 죽지 않고 또 살아왔느냐. 어디 이번에는 좀 견뎌 보아라. 일이 있을 것이다."

했다. 그러자 어사또 대답하기를,

"내 신세가 비록 이러하나 나도 양반의 자식이다. 그리고 네 이놈, 진희야. 내 말을 한번 들어 보아라. 내가 지난번에 너를 찾아왔다 너에게 면회 신청도 못하고 어렵게 지내다가 이 연광정에서 잔치를 열고 있는 너를 보게 되었지만, 네가 나를 미친놈이라 하며 대동강 사공을 불러서 배에 싣고 강물에 던져 넣어서 죽이지 않았느냐. 내 억울하고 분하게 죽은 넋이 되어 너를 다시 보려고 이렇게 찾아왔느니라."

하니 김 감사는 깜짝 놀라서 좌우의 비장들을 돌아보며,

"어찌 된 일이냐?"

비장이 여쭙기를,

"죽은 혼이 어떻게 왔겠습니까. 그때 이혈룡을 데리고 갔던 사공들을 불러서 자초지종을 심문해 보는 것이 좋겠습니다."

하고 사공들을 빨리 잡아들이라는 영을 내렸다. 나졸들이 영을 받고

---

* **서왕모의~청조새** 서왕모는 중국 신화에 나오는 신녀(神女)로, 중국 곤륜산에 있다는 요지 못에 살았다고 하며, 주나라 목왕이 서왕모를 만났다는 이야기로 유명하다. 청조는 반가운 사자(使者)나 편지를 이르는 말로, 푸른 새가 온 것을 보고 동방삭이 서왕모의 사자라고 한 한무의 고사에서 나왔다.
* **어사또** 어사를 높여 부르는 말. 사또는 일반 백성이나 하급 벼슬아치들이 자기 고을의 원을 존대하여 부르던 말이다.
* **파립(破笠)** 해어지거나 찢어져 못 쓰게 된 갓.
* **자초지종(自初至終)** 처음부터 끝까지의 과정.

물러 나와 사공들을 불러 놓고 말하기를,

"야단났다, 야단났어. 너희 사공 놈들 야단났다. 어서 빨리 들어가자."

하고는 사공들의 덜미를 잡고 잡아들인 뒤,

"사공 잡아들였습니다!"

하고 나졸들의 외치는 소리가 천지에 진동했다.

이 광경을 지켜본 옥단춘은 자신이 죄를 당할 것은 고사하고 서방님 죽게 된 일을 생각하고는 어쩔 줄 몰라 벌벌 떨고 서 있었다. 김 감사가 분부하여 형방을 불러서 형벌 기구를 차려 놓고,

"그놈들을 몹시 때려서 심문하라."

하고 추상같은 명령을 내렸다. 형방이 겁을 내어 사공들을 심문하기를,

"이놈들 들거라. 지난번에 저 양반을 명령대로 죽였느냐? 바른대로 고하여라!"

하고 엄하게 호령하니 사공들이 악형을 못 이겨,

"여차여차했습니다."

하고 사실대로 털어놓았다. 이 말을 듣고 김 감사가 호령하기를,

"저 형방 놈을 즉시 잡아 내려 옷을 벗겨라."

하고 단번에 형방마저 잡아내고는 다른 형방을 불러 분부하기를,

"저 이혈룡은 목을 베어 죽여도 죄가 남을 놈인데, 형방 놈은 내 앞에서 이혈룡을 '양반'이라고 부르니 그 형방 놈도 혈룡과 죄가 같도다."

하고 분을 이기지 못해 책상을 치며 고래고래 호통을 치니 목소리가 다 변했다. 그리고 다시 분부하기를,

"옥단춘을 잡아내라!"

감사의 분부가 매우 엄하니 좌우 나졸들이 일시에 달려들어 소복단장한 채로 앉아 있는 옥단춘의 분같이 곱고 부드러운 손목을 덥석 잡아 끌어내니 연광정이 뒤집힐 듯했다. 옥단춘은 평생 그런 일을 당해 보지 않았다가 오늘 이런 일을 당하자 손발을 벌벌 떨었다. 옥단춘이 이혈룡을 돌아보며 말하기를,

"여보세요, 낭군님아. 이것이 웬일이오. 집을 보고 있으라고 당부했더니 귀신이라도 들려 여기 왔소? 죽을 운이 닥쳐서 여기 왔소? 내 집의 재물만 가지고도 호의호식 지낼 텐데 어찌하여 여기 와서 이 지경이 되었단 말입니까. 애고 낭군님아, 어허이구 낭군님아, 어떻게 산단 말인가? 죽을 목숨을 살려서 백년해로를 언약하고 살려고 했더니 일년도 못 지내고 죽어 영이별해야 한단 말인가. 애고애고 낭군님아, 야속하오 낭군님아. 나는 지금 죽어도 원통할 것이 없지마는 낭군님은 대장부로 태어나서 세상에 널리 이름을 떨쳐 보지도 못하고 저승길로 들어선단 말인가. 원통하고 가련하다. 낭군 팔자나 내 팔자나 전생에 무슨 큰 죄가 있어 이다지도 험하단 말인가. 사주팔자가 이러하니 누구를 원망하겠소. 죽어도 같이 죽고 살아도 같이 삽시다. 우리 이제 죽더라도 후세에 다시 만나 못 다한 정을 나누며 백년해로 다시 살아 봅시다. 임아 임아, 서방님아, 어찌해야 살 수 있단 말인가. 원통하여 아무리 후세에 서로 만나자 한들 한번 죽고 나면 모든 것이 헛일이로다."

• **소복단장(素服丹粧)** 아래위를 하얗게 차려입고 곱고 맵시 있게 꾸밈. 또는 그런 차림.

하며 하염없이 통곡하니 그 모습을 보고 누군들 슬퍼하지 않으며, 누군들 불쌍히 여기지 않으리오. 그러나 이혈룡이 말하기를,

"너무 슬피 울지 마라. 네 울음 한 마디에 내 간장이 다 녹는다. 내가 죽고 네가 살거든 내 원수를 네가 갚고, 네가 죽고 내가 살아나면 네 원수를 내가 갚아 주마."

이렇게 당부를 했다.

이때 김 감사가 사공들에게 분부하여 호령했다.

"저 두 연놈을 한 배에 태우고 내가 보는 앞에서 대동강 깊은 물에 던져 버려라!"

추상같이 호령하니 사공들이 영을 받들고 물러 나왔다. 김 감사는 또다시 영을 내려,

"북소리 세 번 들리거든 연놈을 한꺼번에 죽여 버려라!"

하고 호령했다. 이어서 아까 이혈룡을 '양반'이라고 불렀다가 잡힌 형리를 또다시 호령하니, 그 형리가 엎드려 아뢰기를,

"제가 지은 죄는 과연 사또 앞에서 죽어 마땅하오나 다시는 그런 죄를 짓지 않겠사오니 한번만 용서하여 주십시오."

하고 수없이 애걸했다. 그러자 김 감사는 겨우 분을 풀어 그를 용서했다. 이때 이혈룡은 사공들의 손에 이끌려서 배에 태워져 오르고 있었다. 이혈룡이 탄식하며 말하기를,

"붕우유신 쓸데없고, 결의형제 쓸데없다. 이전에 너와 내가 살아서나 죽어서나 함께하자고 태산같이 맺은 언약 철석같이 믿었더니, 살리기는 고사하고 죽이기를 일삼으니 무심하고 야속하다. 사람의 도리를

저버리면 그 재앙이 자손에게까지 미치느라."

했다. 이어서 대동강 맑고 맑은 물을 바라보며 대성통곡하고 한탄하기를,

"대동강 맑은 물아, 너와 내가 무슨 원수진 일이 있어서 한 번 죽기도 어려운데 두 번이나 죽이려고 이 모양을 시키느냐. 정말로 죽게 되면 가련하고 원통하다."

그러나 옥단춘이 이혈룡의 손을 부여잡고 한없이 넓디넓은 물 위를 바라보며 애통해서 말하기를,

"원통하고 가련하다. 죄 없는 우리 목숨 천명을 못 다 살고 물고기의 밥이 되게 되었으니 어찌 원통하지 않겠는가. 밝고 밝은 하늘이시여, 부디 감동하시어 죄 없는 이 인생에게 은혜를 베푸시고 제발 살려 주시옵소서."

하며 하염없이 통곡했다. 그때 첫 번째 북소리가 울리니 옥단춘이 더욱 기가 막혀서,

"애고애고, 이런 일이 있나. 이 일을 어찌할꼬. 임아 임아, 낭군님아, 어찌해야 살아날꼬."

하니 이혈룡이 달래며 말하기를,

"울지 마라, 울지 마라. 죄 없으면 사느니라. 울지 말고 진정해라."

* **추상같이** 호령 따위가 위엄이 있고 두려울 정도로 서슬이 푸르게. 추상(秋霜)은 가을의 찬 서리.
* **붕우유신**(朋友有信) 오륜(五倫)의 하나. 벗과 벗 사이의 도리는 믿음에 있음을 이른다.
* **결의형제**(結義兄弟) 의로써 형제의 관계를 맺음. 또는 그렇게 관계를 맺은 형제.

했다. 그때 두 번째 북소리가 들리니 옥단춘이 더욱 놀라서,

"임아 임아, 서방님아, 이제는 죽는가 보오. 살려 주오, 살려 주오. 죄 없는 이 소첩을 제발 덕분에 살려 주오. 소첩은 맹세컨대 아무 죄도 없사옵니다."

하고 통곡할 때 세 번째 북소리가 들렸다. 그러자 사공들이 재촉했다.

"어서 물에 들어가시오. 잠시라도 지체하면 우리 목숨이 죽을 테니 어서어서 들어가시오."

하고 다급하게 재촉했다.

옥단춘이 넋을 잃고 정신없이 말하기를,

"여보시오. 사공님아, 들어 보시오. 그대들도 사람인데 죄 없는 이

인생을 어찌 그리 죽으려고 하오. 나는 자결할 테니 우리 낭군 살려
주오."
했다. 그러자 사공이 대답하기를,
　"아무리 야속해도 감사의 명령이 엄하여 살릴 묘책이 없소이다. 어
서 바삐 물에 들어가시오."
했다. 옥단춘은 하는 수 없이 단념하고는 눈을 질끈 감고, 치마를 걷
어 올려 머리에 쓰고, 이를 '빠드득빠드득' 갈고, 벌벌 떨면서,
　"애고머니, 나 죽는다!"
하고 한마디 지르고는 펄쩍 뛰어들려고 했다. 이혈룡이 깜짝 놀라서
옥단춘의 손목을 부여잡고 말하기를,

"죽어도 같이 죽고, 살아도 같이 살자."

하면서 옥단춘을 붙잡아 앉혀 놓고 연광정을 건너다보며,

"서리 역졸들아! 다들 어디 갔느냐?"

하는 소리가 천지를 진동할 듯했다. 그러자 난데없는 역졸들이 벌떼같이 와르르 뛰어나오며 달과 같은 마패를 일월같이 높이 들고 우레같은 큰 소리를 벽력같이 지르면서,

"암행어사 출또하옵시오! 암행어사 출또요!"

하고 두세 번 외치는 소리가 연광정을 뒤엎을 듯했다.

"저기 가는 저 사공아, 그 배에 타신 어사또님 놀라시지 않도록 고이고이 잘 모셔 오라."

하는 소리가 천지를 진동했다. 그러자 어사또 이혈룡이 사공들에게 호령했다.

"배를 돌려 빨리 연광정에 대라!"

뜻밖의 상황에 사공들이 어찌할 바를 모르고 허둥지둥 급하게 노를 저어 배를 연광정 밑에 대었다. 옥단춘이 그제야 정신을 차리고 믿기지 않는다는 듯이,

"임아 임아, 어사또 서방님아. 이것이 꿈이요, 생시요? 꿈이라면 행여 깰까 봐 걱정이오."

어사또 춘을 달래며 말했다.

"죽을 지경에 이르면 살아날 길이 생기고, 망할 지경에 놓이면 다시 일어날 길이 생긴다고 했느니라. 너 이런 재미있는 일을 보았느냐?"

춘이 기뻐하며 재담으로 말하기를,

"구중궁궐 아녀자가 어디 가서 이런 재미있는 일을 보겠습니까."
했다.

● **벽력(霹靂)** '벼락'과 같은 말.

조선 시대의 암행어사

"나도 암행어사!"

암행어사는 우리 고전 소설에 자주 등장하는 단골손님입니다. 고을의 수령이나 향리는 막중한 권력을 지닌 자리였기에 자칫하면 개인의 욕심을 채우고 싶은 유혹에 빠지기 십상이었습니다. 《옥단춘전》의 김진희처럼 나랏일과 백성은 돌보지 않고 나날이 잔치만 즐기며 지내게 되기도 하고요. 이런 일을 방지하게 위해 나라에서 마련해 둔 것이 바로 암행어사였습니다.

다산 정약용

정약용이 경기도 암행어사로 임명된 것은 그의 나이 서른세 살 때의 일이었습니다. 경기도 삭녕 관아에 출두해서 문서를 조사한 정약용은 놀라움에 입이 다물어지지 않았습니다. 삭녕의 전임 사또가 많은 비리를 저지르고도 전혀 벌을 받지 않고 다른 고을의 사또로 갔던 것이었습니다. 그 전임 사또는 바로 태의 강명길이라는 자로, 사도세자의 부인이자 정조의 어머니인 혜경궁 홍씨의 주치의였습니다. 또한 연천 현감 김양직이라는 자는 지난날 사도세자의 묘소를 화성으로 옮길 때 못자리를 봐준 지관으로 5년 동안 연천의 사또로 있으면서 온갖 비리를 저질렀습니다. 둘 다 왕실의 든든한 배경을 믿고 백성들을 착취했지만 누구도 그것을 제지하지 못한 것입니다. 정약용은 보고서에 두 사람의 죄를 낱낱이 고발하면서 "법의 적용은 마땅히 임금의 가까운 신하로부터 하여야 한다."라고 주장했습니다. 이에 정조는 더 이상 그들을 비호하지 않고 정약용의 주장대로 처리하도록 지시했습니다. 하

지만 정조의 남다른 총애와 타협을 모르는 정약용의 강직한 성품은 많은 적을 만들기도 했습니다. 결국 정약용은 20년 가까이 유배객으로 떠돌아야 했습니다. 그의 유배기는 관료로서는 암흑기였지만 그는 이 시기를 오히려 기회로 활용했습니다. 그는 유배지에서 《경세유표》·《흠흠신서》·《목민심서》 등을 저술하면서 조선 왕조의 사회 현실을 반성하고 이에 대한 개혁안을 정리했습니다.

서포 김만중

일찍 아버지를 여읜 김만중은 어머니의 높은 교육열 때문에 어릴 때부터 수많은 책을 읽으며 자랐습니다. 열네 살에 진사초시에 합격, 이어 열여섯 살에 진사에 일등으로 합격, 1671년에 이르러 암행어사로 임명된 김만중은 규칙에 따라 어머니께 소식을 알리지도 못한 채 경기도 지방으로 길을 떠났습니다. 김만중이 임금으로부터 조사하라고 명령받은 곳은 경기도의 용인, 파주, 삭녕 등이었습니다. 김만중은 가엾은 백성들을 만나 그들의 하소연을 듣고 수령이나 향리 들의 잘못을 일일이 조사했습니다. 대부분의 고을이 가난과 굶주림에 어려움을 겪고 있었지만 그 어려운 와중에도 정사를 잘 돌보고 있던 수령이나 향리는 임금께 추천해서 상을 내리도록 했고, 범법을 저지른 자들은 규정을 어기고서라도 죄를 조사해 처벌하도록 했습니다. 바른말을 잘했던 김만중은 누구 못지않게 공격을 많이 받아 수차례 벼슬을 빼앗기기도 하고 유배를 당하기도 했습니다. 하지만 바로 이 유배지에서 우리 문학사에 중요한 작품인 《구운몽》과 《사씨남정기》와 《서포만필》 등이 탄생하게 됩니다.

명미당 이건창

이건창은 고종 3년(1866), 여섯 명을 뽑는 과거에서 열네 살의 나이로 당당히 합격했습니다. 이는 전례가 없는 터라 조정에서는 어린 소년에게 벼슬을 줘야 할지 말아야 할지 논란이 분분했다고 합니다. 이건창이 충청도 지역 어사로 나갔을 때 일입니다. 충청 감사 조병식이 백성들로부터 거둬들인 돈을 빼돌려 어마어마한 재산을 챙기고 있다는 것을 안 이건창은 이 사실을 정확하고 자세하게 보고서로 작성했습니다. 이 사실을 안 조병식은 거액의 뇌물로 이건창을 유혹하는 한편, 고자질한다면 앞으로 벼슬길을 끊어 놓겠다고 협박했습니다. 이건창이 부탁을 무시하자 이번에는 이건창이 암행어사 직분을

이용해서 평소 원한이 있던 조병식을 궁지에 몰아넣으려 한
다는 모함이 퍼졌습니다. 고종의 귀에까지 그 소문이 들어
가게 되고 이건창은 고종 앞에 불려오게 되었습니다. 고
종이 호통을 쳤으나 이건창은 침착하게 충청 감사 조병
식의 비리와 관련된 증거 문서를 따로 준비했사오니
친히 조사해 보시길 바란다고 아뢰었습니다.

이건창이 어사로서 지방을 누비고 다닐 때의 일화가
하나 있습니다. 당시 도적들이 들끓고 있었는데, 이건창은 나무
꾼 차림을 하고 혼자 도적 떼의 소굴이 있다는 산에 제발로 들어가 잡혔습니다. 저녁이
되고 바가지에 밥을 담아 가지고 한 여인이 나타났습니다. 도적 두목이 첩으로 데리고
있던 이 여인은 언행이 바른 사람이었습니다. 이건창이 바가지를 받아 안을 들여다보니
시커먼 꽁보리밥에 다 썩어 가는 생선 한 토막뿐이었습니다. 멍하니 바가지를 들여다보
던 이건창의 눈에는 썩은 생선 위에 벼 알갱이, 즉 뉘 세 개가 나란히 놓여 있는 게 보였습
니다. 이건창의 눈이 빛났습니다. 그는 아무 말 하지 않고 다만 생선을 네 토막 내서 여인
에게 돌려주었습니다. 그러자 여인은 이건창에게 고개를 끄덕이며 알았다는 눈치를 보
이고 나갔습니다. 그날 저녁 이건창은 여인의 도움으로 여장을 하고는 도적 소굴을 몰
래 빠져나와 관군을 동원해 여인과 감방에 갇혀 있던 백성들을 무사히 구출했습니다.
이 모두가 여인의 기지와 이를 알아본 이건창 덕분이었습니다. 여인과 이건창이 나눈
무언의 대화는 이러했습니다. 맨 처음 여인이 뉘 세 개를 나란히 놓았던 것을 풀면 "뉘
세요?", 즉 "당신은 누구세요?" 하는 질문이었고, 그에 대한 대답으로 이건창이 고기를
네 토막 낸 것은 "어사(魚四)", 즉 "나는 바로 암행어사예요."라는 답이었던 것입니다.

대표 암행어사 박문수

여덟 살에 아버지를 여의고 홀어머니 밑에서 어렵게 자란 박문수는 글공부를 할 때면
아주 진지했고, 동무들과 놀 때는 여느 아이들보다 활기찼다고 합니다. 과거 급제를 한
뒤 벼슬길에 나갔을 때 그의 박학다식한 면모를 모두 인정했다고 합니다. 그래서 영조
임금이 영남 지방에 파견할 어사를 추천하라고 했을 때 신하들이 모두 박문수를 추천
했습니다. 박문수는 어사의 명을 받았을 때 조사해야 할 고을의 범위를 더 넓게 해 달

라는 것과 수령들의 잘못을 가볍게 넘기지 않겠다는 뜻을 밝혔고, 임금은 이 요청을 들어줬습니다. 어사로 나가든, 다른 벼슬길에 나가든 박문수의 주된 관심은 백성들의 안정된 생활이었습니다. 그는 누구보다 세금에 관한 상소를 많이 하기로 유명했습니다. 백성들로부터 거둬들인 세금이 양반들의 주머니나 채울 뿐 나라와 백성들에게는 도움이 되지 않는다는 사실을 그는 잘 알고 있었습니다. 따라서 제도를 바꿀 것을 건의했던 것입니다. 그 뒤로도 박문수는 함경도 진휼사로 나가 굶주리는 백성들을 구제하기도 했습니다. 이렇듯 양반보다는 백성 편에 서서 건의를 하니 여러 대신의 반대에 부딪힐 수밖에 없었습니다. 두 차례의 유배 생활을 하게 된 것도 이러한 반대와 미움 때문이었지만 유배 생활을 통해 박문수는 백성들의 현실에 더욱 가깝게 다가갈 수 있었습니다. 그러다 보니 백성들 사이에서는 언제부터인가 어사 박문수에 대한 이야기가 하나둘씩 생겨나기 시작했습니다. 비록 어사로서 활동한 것은 두 차례의 짧은 기간밖에 안 되었지만 이야기 속의 박문수는 조선 팔도를 종횡무진하며 활약하는 정의의 사도로 등장했습니다. 백성들은 박문수를 내세워 모든 암행어사의 본보기를 만들었던 것입니다.

진희,
천벌을 받다

어사또가 연광정 상석에 자리를 잡고 앉아서 암행어사 출또하는 장면
을 살펴보니, 오는 놈 가는 놈 모두 넋을 잃고 역졸에게 맞은 놈들은
유혈이 낭자했다. 눈 빠진 놈, 코 깨진 놈, 머리 깨고 팔 부러진 놈, 다
리 부러진 놈, 엎드러진 놈, 자빠진 놈 등등 오락가락하는 놈들이 수
없이 많았다. 그중에 각 고을 수령들은 뜻밖의 변을 당하여 겁내
는 거동이 가히 볼만했다. 칼집 쥐고 오줌 누고, 안장
없는 말을 타고 개울로 들어가고, 또 어떤 수령
은 말을 거꾸로 타고 동서를 분간하지 못
하여 "이랴 말, 저리 말." 하면서 이

● 상석(上席) 윗자리.

리저리 갈팡질팡 도망가고 있었다. 오다가 혼을 잃고 가다가 넋을 잃고 한참 이렇게 요란할 때, 김 감사의 거동도 볼만했다. 김 감사는 의기양양하게 유흥을 즐기다가 암행어사 출또 소리 듣고 다급하여 혼비백산 달아나는데, 누각 마루 끝에서 떨어져 삼혼칠백이 간 데 없고, 왼쪽 눈의 동자부처는 벌써 떠나 멀리 가고, 오른쪽 눈의 동자부처는 인제야 떠나려고 파랑보에 짐을 싸고 신발을 동여매느라고 와삭바삭 야단이었다. 이때에 비장들이 달려들어 김 감사를 보호하려고 하니 어사또 분부하기를,

"비장을 잡아내라!"

하고 추상같이 호령하니, 좌우의 나졸들이 달려들어 비장들을 결박하여 잡아들였다. 어사또가 분부하기를,

"너희 비장 놈들 들어라! 고을 관장을 모시면서 관장이 옳지 못한 정치를 하면 말리고 착한 길을 권하는 것이 도리이거늘, 도리어 악한 짓을 권했으니 죄 없는 백성은 어찌 살며, 양반의 도리를 지키며 살 사람이 어디 있겠느냐!"

하고 호통을 쳤다. 형벌 도구와 숙정패를 내어놓고 팔십 명 나졸 중에 날랜 놈 십여 명을 골라내어 놓고 엄하게 호령했다.

"너희 놈들 매질이 가벼우면 죽고 살아남지 못하리라."

어사또의 호령이 엄하니 그 누가 상쾌하지 않으리오. 각기 곤장 육십 대씩 때려서 큰칼 씌워 옥에 가두었다. 이어서 김 감사를 끌어낼 때, 서리와 역졸 들이 영을 받고 물러 나와 김 감사의 상투를 거머쥐고 끌어낸 뒤,

"평양 감사 김진희를 잡아들였습니다."

하는 소리가 천지를 진동하는 듯했다. 어사또는 당장 김 감사를 파면하고 관가의 창고를 봉하여 잠그게 했다. 그런 뒤 지난 일을 생각하니 서글펐던 회포도 솟아나고, 분한 마음도 가늠하기 어려웠다. 형구를 갖추어서 김 감사를 형틀 위에 붙들어 매고 팔십 명 나졸과 서리 역졸 들이 좌우로 늘어섰다. 형장 든 놈, 곤장 든 놈, 능장 든 놈, 태장 든 놈이 각각 서로 골라 들고 어사또의 명을 기다리고 있었다. 이윽고 어사또가 호령했다.

"여봐라, 김진희야! 너는 나를 자세히 보아라. 지금도 나 이혈룡을 모르겠느냐? 천하에 몹쓸 김진희야, 너와 내가 일찍이 생사를 함께하기로 맹세하고 공부할 때를 생각해 보아라. 비록 성은 서로 다를망정 두 집안이 대를 이어 온 친구였으니, 그 정의를 생각하면 같은 배에서 태어난 친형제라고 해도 이보다 더하겠느냐. 그 시절에 우리가 서로 맹세하여 '네가 먼저 잘되면 나를 도와주고, 내가 잘되면 너를 먼저 살

- **삼혼칠백**(三魂七魄) 삼혼과 칠백을 아울러 이르는 말. 삼혼은 사람의 마음에 있는 세 가지 영혼, 태광(台光), 상령(爽靈), 유정(幽精)을 이른다. 칠백은 도교에서, 사람의 몸 안에 있는 탁한 일곱 가지 영혼으로, 시구(尸拘), 복시(伏矢), 작음(雀陰), 탄적(呑賊), 비독(非毒), 제예(除穢), 취폐(臭肺)가 있다.
- **동자부처** 눈동자에 비치어 나타난 사람의 형상을 뜻하는 말로, 여기서는 의식이 눈에서 사라져 간다는 뜻으로 쓰였다.
- **관장**(官長) 관가의 장(長)이란 뜻으로, 시골 백성이 고을 원을 높여 이르던 말.
- **곤장**(棍杖) 죄인의 볼기를 치던 형구. 또는 그 형벌. 버드나무로 넓적하고 길게 만들었다.
- **형장**(刑杖) 죄인을 신문할 때에 쓰던 몽둥이.
- **능장**(稜杖) 밤에 순찰을 돌 때에 쓰던 기구. 150센티미터 정도의 나무 막대의 끝에 쇳조각 따위를 달아 소리가 나게 했다.
- **태장**(笞杖) 볼기를 치는 데 쓰던 형구.

게 하여 달라.'고 언약하지 않았느냐. 그때 네 입으로 맹세했지 내가 먼저 하자 했더냐.

마침 네가 먼저 과거에 급제하여 평양 감사로 갔다는 소문을 듣고 지난 일을 생각하니 태산같이 맺은 언약이 있었으니 도움을 얻을 수 있을 것이라는 생각이 들었다. 그러나 막상 평양으로 너를 찾아가려니 여비로 쓸 푼돈마저 없어 하는 수 없이 내 아내가 시집와서 첫 친정 나들이 때 입었던 옷을 팔아서 마련해 준 돈을 받아 들고 평양까지 왔다. 그러나 너에게 내가 왔다는 기별도 전하지 못한 채 여러 날을 묵다 보니 여비도 떨어지고 여관 주인도 어서 가라고 박대했다.

이리저리 방황하니 굶주림을 이길 수 없어 입고 있던 옷을 팔아 밥을 사 먹기도 했으나 이것은 한때일 뿐이었다. 헌 누더기를 주워 입고 이 집 저 집 정처 없이 빌어먹고 다니는데, 네가 대동강에서 큰 잔치를 벌인다는 소문을 듣고 그날 행여 너를 볼 수 있을까 싶어 어렵사리 겨우 네가 노는 연광정 근처를 찾아갔다.

잔칫상이 어지럽고, 음식도 풍성하고, 풍악도 훌륭한데, 굶주린 내 처지에 입맛이 오죽 당겼겠느냐. 네가 먹고 남은 음식 조금만 주었더라면 너도 좋고 나도 좋았을 것을, 너는 나를 모른 체하고 더하여 나를 미친놈이라 하지 않았더냐. 게다가 나를 배에 태우고 대동강 물에 빠뜨려 죽이라 했으니 도대체 무슨 까닭이냐. 이 몹쓸 놈, 김진희야, 똑바로 말하라!"

하고 추상같이 호령하니 좌우 나졸들이 벌떼처럼 달려들어
육칠월 번개같이 '투드락 탁탁' 한참을 두드렸다. 그러자 김
감사가,

"애고애고, 어사또님. 제발 적선을 베풀어 살려 주십시
오. 제가 죽을 때가 되어 귀신이 씐 듯하오. 귀신이
시켜 그렇게 된 것 같소이다. 죽고 사는 것은 어
사또의 처분입니다. 죽을죄 지은 놈이 무슨
말을 하겠습니까?"
했다. 어사또 다시 호령하기를,

"네 이놈! 옥단춘이 무슨 죄를 지었느냐. 나도 그렇지만 옥단춘이 무슨 죄가 있다고 함께 죽이려고 했느냐? 그 까닭이 무엇이냐? 네 죄를 생각하면 도저히 살려 둘 수가 없다."

하고는 사공을 불러 분부하기를,

"여봐라. 이놈을 이전에 내가 당했던 것처럼 배에 태우고 대동강 깊은 물에 던져 버려라!"

하고 호령하니 사공들이 명령을 받들었다.

사공들이 김진희를 배에 태우고 넓디넓은 대동강 위를 둥둥 노를 저어 출발했다.

이때 어사또가 어진 마음으로 다시 생각하니 김진희가 아무래도 불쌍하게 여겨져서,

"저놈은 자신이 지은 죄로 죽을망정 윗대의 의리를 생각하고 옛정을 생각하니 마음이 아프구나. 저놈이 그렇게 했다고 해서 나마저 저와 같이 죽일 수야 없지."

하고는 나졸 한 놈을 급히 불러 분부하기를,

"네가 급히 배로 가서 김진희를 물에 한참 넣었다가 거의 죽게 되었을 때 도로 건져내서 데리고 오너라."

하니 나졸이 명령을 받들어 급히 달려 나갔다. 그런데 그때 별안간 천둥소리가 천지에 진동하더니 벼락이 김진희를 때려, 눈 깜짝할 사이에 김진희는 시신도 없이 사라졌

* 적선(積善) 착한 일을 많이 함.

다. 나졸과 사공 들이 그런 사정을 보고했다.

어사또는 김진희가 죽었다는 말을 듣고 옛일을 생각하며 슬피 통곡했다. 그리고 김진희의 처자와 노비와 비장 등 여덟 사람을 불러들여 말하기를,

"나는 진희가 내게 하려고 했던 것처럼 차마 할 수가 없어서 유배나 보내려고 했더니, 하늘이 괘씸하게 여기시고 천벌로 죽였으니 나를 원망하지는 말아라."

했다. 그리고 분부하기를,

"각자 여비를 후하게 주어서 집으로 보내라."

하니 성안의 백성 중 어사또의 처분을 칭찬하지 않는 사람이 없었고, 김진희에게 내린 천벌을 통쾌하게 여기지 않는 사람이 없었다.

어사또가 김진희의 죄와 천벌로 죽은 사정을 상세하게 정리하여 조정에 보고하니 이를 들은 임금이 어사또의 처사를 거듭 칭찬했다.

이때 어사또가 세 번째 봉투를 떼어 보니 '암행어사 겸 평양 감사 이혈룡'이라고 쓰여 있었다. 이혈룡이 크게 기뻐하며 임금의 뜻을 받들어 모시고 평양 감사의 직에 올랐다. 평양 감사의 직을 맡아 육방 점고를 다 받은 뒤에 사공들에게 상금으로 금은 만 냥씩을 내리니 사공들은 황송하여 머리를 조아리며 은혜에 감사했다.

- **정사**(政事) 정치 또는 행정상의 일.
- **송덕비**(頌德碑) 공덕을 기리기 위하여 세운 비.
- **만인산**(萬人傘) 고을 백성들이 선정을 베푼 수령에게 그 덕을 기리기 위하여 바치던 물건. 비단으로 만들었고, 모양은 일산(日傘)과 비슷하며, 가장자리에 수령과 유지들의 이름을 적었다.

그날부터 이혈룡은 어진 마음으로 백성을 다스리는 정치를 펼쳤다. 정사를 잘 돌보니 거리마다 여기저기 송덕비가 세워졌으며, 이 감사는 지역 유지들로부터 만인산을 받고, 선정을 칭송하는 노래가 천지를 진동할 듯했다. 임금이 이런 소문을 듣고 크게 기뻐하며 벼슬을 높여 우의정에 봉하고, 옥단춘을 정덕 부인으로 봉했다.

이혈룡이 하루아침에 부귀공명하고 국태민안하니 위엄과 세도가 나라에서 으뜸이었다. 이에 모두 이혈룡을 칭찬하고 부러워했으며, 위엄과 명성이 천하에 빛났다.

- **부귀공명**(富貴功名) 재산이 많고 지위가 높으며 공을 세워 이름을 떨침.
- **국태민안**(國泰民安) 나라가 태평하고 백성이 편안함.

깊이 읽기
헌신짝처럼 버린 의리,
한결같은 사랑의 무게로
응징하다

함께 읽기
《옥단춘전》은
왜 《'옥단춘'전》일까?

깊이 읽기

헌신짝처럼 버린 의리,
한결같은 사랑의 무게로 응징하다

● 《옥단춘전》에서 이야기하는 사대부들의 '의리'

사랑은 순간이지만 우정은 영원하다는 말을 많이 합니다. '친구란, 두 신체에 깃든 하나의 영혼'이라거나 '우정은 태양에 비할 만한 인생의 소중한 가치'라는 등의 말이 명언으로 사람들의 입에 오르내립니다. 그리고 예나 지금이나 우정의 본바탕을 신의에 두는 것은 변함이 없는 것 같습니다. 남자는 모름지기 의리를 지킬 줄 알아야 한다면서 신의와 우정을 남자의 전유물인 것처럼 이야기하는 모습도 종종 볼 수 있습니다.

인의예지(仁義禮智)를 중시하던 조선 시대의 사대부들에게는 신의가 무엇보다 중요했을 것입니다. 사람들이 지켜야 할 근본 도리를 정리한 삼강오륜에도 '붕우유신'이 중요한 덕목으로 자리 잡고 있지요. 그러나 때로 사대부들의 이런 신의에 대한 의식은 관념에만 머물렀을 뿐 실제로는 그렇지 않았던 경우도 많았던 것 같습니다. 특히 사대부 의식이 약화된 조선 후기에 이르면 사대부들이 명성과 세상의 명리를 좇아 벗을 사귀는 풍조가 널리 번지고 있었던 것 같아요. 박지원의 〈마장전〉처럼 이런 세태를 비판하는 글도 많이 보입니다.

소설 《옥단춘전》에서 김진희와 이혈룡은 어릴 적 함께 공부하면서 아버지 대에서 이어 온 우정을 자신들은 물론이거니와 후손들까지 이어 가자고 맹세했습니다. 그리고 누구든 먼저 잘되는 사람이 벗을 도와주기로 굳게 약속했지요. 그러나 젊은 나이에 과거 급제하고 평양 감사가 된 김진희는 집안 형편이 어려워 남루한 차림으로 찾아온 이혈룡을 박대하고 대동강에 빠뜨려 죽이려고 했습니다. 어린 날의 굳은 맹세는

흔적도 찾을 수 없습니다. 이때 죽을 위기에 처한 이혈룡을 구해서 뒷바라지를 하고 과거에 급제하도록 만드는 인물이 기생 옥단춘입니다. 그리고 이혈룡이 과거 급제한 뒤 암행어사가 되어 일부러 남루한 차림으로 다시 찾았을 때도 옥단춘은 실망하지 않고 한결같은 애정으로 이혈룡을 맞이합니다.

굳게 맹세했던 사대부의 의리는 헌신짝처럼 버려졌으나 기생 옥단춘의 사랑은 변함없었던 거지요. 붕우유신을 외치던 사대부들의 우정은 기생의 애정보다 하찮아져 버린 것입니다. 이런 점에서 이 작품은 의리를 저버리고 명리를 좇는 사대부들의 세태를 비판하는 내용을 담고 있는 것으로 볼 수도 있을 것입니다.

● 《춘향전》과 비슷하면서도 다른 《옥단춘전》

《옥단춘전》은 《춘향전》의 모방작 또는 아류작이라고 보는 사람들이 더러 있었습니다. 두 작품을 읽다 보면 유사한 점이 아주 많기 때문입니다. 인물 설정에서만 보더라도 '옥단춘-성춘향', '이혈룡-이몽룡'의 이름부터 비슷한 점이 있어 보입니다. 김진희는 《춘향전》의 변학도 역할을 하고 있는 것이라고 봐야겠지요. 옥단춘과 춘향이 기생의 신분이면서 그들이 각기 사대부와 사랑하는 사이가 된다는 점도 비슷해 보입니다. 그리고 이혈룡이나 이몽룡이 과거에서 비범한 재능을 발휘하여 장원 급제하고 암행어사의 임무를 부여받는다는 점이나, 암행어사의 신분을 감추기 위해 거지 차림으로 사랑하는 사람 앞에 나타난다는 점도 비슷합니다. 암행어사 출또 장면, 나중에 여자 주인공들의 신분이 상승하는 점 등도 비슷합니다. 하지만 이런 비슷한 점에도 불구하고 두 작품은 뚜렷하게 다른 점이 많습니다.

《춘향전》은 춘향이 태어나는 이야기부터 시작되며 춘향이 중심인물인 소설입니다. 하지만 《옥단춘전》은 이혈룡과 김진희 두 집안 이야기에서부터 시작합니다. 그러니까 소설의 제목이 《옥단춘전》이지만 오히려 이야기 전개 과정에서 드러나는 핵심적인 갈등은 이혈룡과 김진희의 갈등이라고 할 수도 있어요. 그러니까 《춘향전》은 춘향을 중심으로 이야기가 전개되고 있으며, 춘향이 안고 있는 신분적 제약이나 이로 인한 사랑의 시련이 갈등의 축을 이루고 있습니다. 반면에 《옥단춘전》에서 옥단춘이 자신을 에워싸고 있는 세계와 갈등하는 모습은 크게 드러나지도 않고 중심축을 이룬다고 할 수도 없어요.

《옥단춘전》의 갈등은 이혈룡과 관련이 있습니다. 이혈룡과 김진희 두 사람의 아버지는 모두 재상이라는 높은 관직에 오른 사람들이었습니다. 두 집안 모두 풍족한 생활을 했겠지요. 하지만 아버지가 세상을 떠난 뒤에도 김진희는 여전히 집안 형편이 괜찮았지만 이혈룡은 갑자기 어려워지기 시작합니다. 더구나 김진희는 일찌감치 과거에 급제했지만 그러지 못한 이혈룡은 끼니를 때우기 어려울 정도로 곤궁한 처지가 됩니다. 형편이 어려울뿐더러 어려운 현실을 타개할 아무런 능력도 없었지요. 이혈룡의 이런 모습은 조선 후기 양반들이 처한 상황의 한 단면을 보여 주는 것일 수도 있습니다. 사대부들은 과거를 통해 관직에 나아가는 것 외에는 경제적 능력이 전혀 없었으니까요. 다음 장면은 이런 상황을 잘 보여 줍니다.

이때 혈룡은 집안 형편이 매우 어려워 늙은 어머니와 처자를 데리고 살아갈 길이 막막했다. 품을 팔자 하니 배운 적이 없고, 빌어먹으려고 해도 가문을 더럽힐 뿐이며, 굶어 죽자 하니 늙은 어머니와 처자를 두고 차마 죽을 수는 없었다. 겨우겨우 지내는 처지였지만 아무리 배가 고파도 늙은 어머니가 눈치채지 못하게 하고 머리카락을 베어 팔아다가 끼니를 해결하기도 했으나, 그것도 한때일 뿐이었다. 머리카락인들 어찌 이를 감당할 수 있겠는가.

육체노동은 전혀 배운 적이 없으며, 가문을 욕되게 해서는 안 된다는 명분에 매여 굶주림에 허덕이는 몰락한 양반의 모습을 이혈룡에게서 발견할 수 있는 것입니다. 이것이 이혈룡에게 닥친 첫 번째 갈등입니다.

그리고 이혈룡은 이런 갈등 상황에서 벗어나려고 시도했으나 더 큰 좌절을 맛보게 됩니다. 지난날 두 사람이 서로 굳게 맺었던 언약을 생각하며 김진희를 찾아갔지만 만나 보지도 못하고 문전박대를 당한 것이지요. 하는 수 없이 연광정 잔치판에 몰래 뛰어들어서 김진희에게 자신이 왔음을 알립니다. 하지만 김진희는 이혈룡을 미친놈이라 하며 배에 태우고 나가 대동강 물에 빠뜨려 죽이라고 명령합니다. 김진희가 왜 이렇게 이혈룡을 잔혹하게 대하는지는 소설에 명확하게 드러나 있지 않습니다. 악인의 한 전형을 보여 주기 위함인지 모르겠으나 좀 아쉬운 점이지요.

이때 이혈룡이 김진희에게 하소연하는 말 속에 믿었던 마지막 기대가 허물어지는 두 번째 갈등이 드러납니다.

> 오냐, 내 너를 친구라고 여겨 찾아왔다가 연락을 못하고 한 달이나 지냈더니
> 노자도 떨어지고 굶주림을 견디지 못하여 문전걸식하고 다니다가, 오늘 여기
> 서 너를 보니 죽어도 한이 없다. 나는 너를 친구라고 여겨 찾아왔는데 이다지
> 하찮게 대하니, 아버지로부터 대를 이어 온 친구도 소용이 없고 형제가 되기
> 로 함께 맹세한 것도 쓸데없구나. 나 같으면 이렇게 업신여기지 않겠다.

처지가 달라지고 나니 과거에 신의로 맺은 맹세는 모두 부질없어지고 만 것입니다. 그뿐만 아니라 목숨이 위태로운 지경에 몰리게 되었는데 이 상황에서 이혈룡을 구해 주는 인물이 바로 옥단춘입니다. 그리고 옥단춘은 어떤 상황에서도 변함없는 애정으로 이혈룡을 대하는데 이것은 김진희가 의리를 저버린 악행을 더 극대화하는 효과도 있습니다.

● 옥단춘은 현실 순응적 인물?

두 소설에서 춘향과 옥단춘의 역할은 많이 다릅니다. 춘향은 신분적 제약에 굴복하지 않고 스스로 맞섭니다. 그리고 이런 대결과 갈등이 《춘향전》을 흥미롭게 만들지

요. 그리고 춘향과 이몽룡의 사랑이 이런 억압적인 현실을 극복하는 역동적인 구조로 되어 있기 때문에 읽는 사람들에게 감동을 더합니다. 반면 옥단춘은 자신이 기생 신분이라는 점을 부정하거나 극복하려는 시도를 하지 않는 것으로 봐서 현실 순응적인 인물이라는 평가를 내리는 사람들도 있습니다. 이들은 다음 장면을 그 근거로 들기도 합니다.

> 그 가운데 옥단춘은, 신분이 비록 기생이나 행실이 송죽같이 곧고 본심이 정결하여 부임하는 수령마다 수청을 들라고 해도 모두 거절하고 글공부에만 힘을 쓰면서 세월을 보내고 있었다. 기적에 매인 몸이라 점고를 받을망정 행실이야 변할 턱이 없었다. 이런 도도한 태도를 분명하게 하니 김진희가 이 모습을 보고 호장을 불러서 분부하기를,
> "오늘부터 옥단춘에게 수청을 들게 하라."
> ……
> 옥단춘이 할 수 없이 입고 있던 옷차림 그대로 미친 여자 꼴로 들어가니, 사또는 가까이 앉힌 뒤에 온갖 희롱과 수작을 했다. 옥단춘이 하는 수 없이 건성으로 사또의 비위만 맞추며 지내니, 사또는 백성 다스리는 일에는 신경도 쓰지 않고 나날이 풍악과 주색만 일삼았다.

옥단춘이 춘향에 비해 적극적인 저항을 하지 않는 것은 분명해 보입니다. 옥단춘은 기생이라는 자신의 처지를 인정하고 마지못해서일망정 사또의 비위를 맞춰 줍니다. 심지어 이혈룡이 과거에 급제한 뒤 거지 차림으로 옥단춘을 찾아갔을 때도 마찬가지입니다.

> "오늘 평양 감사가 연광정에서 잔치를 벌인다는 영을 내렸으니, 내가 기생의 몸으로 명을 거역하고 가지 않을 방법이 전혀 없사옵니다. 서방님은 잠시 용서하시고 집에서 쉬고 계시면 곧 다녀오겠습니다."

옥단춘은 낭군 이혈룡을 위해 이혈룡 가족의 뒷바라지를 하는 등 애정을 쏟아붓고 있으면서도 기생으로서 해야 할 일을 마다하지 않습니다. 이것은 옥단춘과 춘향이 처한 상황이 달랐기 때문인지도 모릅니다. 이몽룡은 사대부 집안 자제로, 권력으로나 경제적으로나 특권을 누렸습니다. 반면 이혈룡은 사대부 가문이었으나 몰락하여 권력이나 경제력이 전혀 없습니다. 그러다 보니 이혈룡은 믿고 의지할 구석이 전혀 없는 인물로, 오히려 옥단춘이 뒷바라지를 해야 할 처지였지요. 낭군에 대한 사랑을 앞세워 기생 역할을 거부할 입장이 못 되는 것입니다. 따라서 이 사실을 바탕으로 옥단춘이 소극적이며 주체적 의식이 부족한 인물이라고 보기는 어렵습니다.

이혈룡과의 관계를 중심으로 본다면 옥단춘은 매우 적극적이고 주체적인 태도를 보여 줍니다. 춘향은 이몽룡에게 선택되었으며, 자신의 자존심을 지키며 이몽룡의 사랑을 확인한 뒤 목숨을 걸고 자신의 신념을 지킵니다. 반면 옥단춘은 이혈룡이라는 인물의 됨됨이를 보고 스스로 이혈룡을 선택합니다. 그리고 둘의 관계는 옥단춘의 뜻에 따라 진행됩니다.

> 이때 옥단춘이 넌지시 보니 비록 입은 옷가지는 낡아 해졌으나 얼굴은 비범해 보였다.
> ......
> 옥단춘이 물러 나와 사공을 급히 불러,
> "저기 가는 저 사공들, 잠깐 멈추시오."
> 하고 멈춰 세웠다. 옥단춘이 사공에게 다가가,
> "내가 몸값을 후하게 줄 것이니, 이 양반을 죽이지 말고 죽인 것처럼 모래를 덮어 숨겨 두고 오시오."

옥단춘이 이혈룡과 맺어지게 되는 것은 옥단춘의 선택에 의한 것이었습니다. 단순히 아까운 목숨을 잃게 된 이혈룡에 대한 인간적인 연민 때문일 수도 있겠지요. 혹은 다른 한편으로 이혈룡의 비범함을 알아보고 이혈룡이 자신의 신분을 상승시켜 줄 것을 기대한 행동일 수도 있습니다. 뒤의 입장을 기준으로 본다면 옥단춘은 상당히 모험적인 투자를 한 셈이지요. 물론 사람을 알아보는 안목이 뛰어났다고도 할 수 있겠군요.

이렇게 정리해 보면 옥단춘은 상당히 현실적인 인물일 수 있습니다. 기생이라는 신분으로 해야 하는 일들이 마음에 내키지는 않지만 적당한 선에서 현실과 타협하면서 뒷날을 도모한다는 점에서 그러합니다. 어렵게 구출한 이혈룡을 보살피며 그가 과거에 장원 급제하여 암행어사에다 평양 감사가 되도록 만들었습니다. 이혈룡은 능력을 인정받아서 우의정이 되고 옥단춘은 정덕 부인의 직첩을 받습니다. 신분 상승에 성공한 것이지요.

● 《옥단춘전》에 드러나는 민중 의식

이혈룡은 조선 시대 특권 지배층이라고 할 수 있는 사대부 집안의 출신이지만 경제적 무능으로 더 이상 그 지위를 이어 가지 못할 상황에 처합니다. 반면 옥단춘은 기생 신분이지만 상당한 재물을 소유하고 있었어요. 이혈룡이 과거 시험을 보러 갈 수 있도록 지원해 줄 뿐만 아니라 이혈룡의 노모와 가족을 위해 집과 논밭을 장만해서 풍족하게 살아갈 수 있도록 뒷바라지를 해 줄 정도였지요. 이혈룡이 암행어사 신분이면서 거지 차림으로 김진희에게 잡혔을 때 옥단춘이 하는 말에서도 경제적 상황을 짐작할 수 있어요.

여보세요, 낭군님아. 이것이 웬일이오. 집을 보고 있으라고 당부했더니 귀신이라도 들려 여기 왔소? 죽을 운이 닥쳐서 여기 왔소? 내 집의 재물만 가지고도 호의호식 지낼 텐데 어찌하여 여기 와서 이 지경이 되었단 말입니까.

이런 상황 설정에서 중요한 사실을 발견할 수 있습니다. 우선 조선 후기 사회가 경제력이 무엇보다 중요하게 되었다는 점입니다. 옥단춘을 통해서 비록 타고난 신분은 비천하지만 경제력을 바탕으로 신분 상승하는 모습을 볼 수 있지요. 다른 고전 소설 작품에서도 자주 발견할 수 있는 사실이지만 조선 후기에 이르면 신분 질서에 비해 경제력의 비중이 매우 중요하게 작용합니다.

몰락한 사대부인 이혈룡은 스스로 아무것도 할 수 없습니다. 그래서 친구에게 의지해 어려운 상황을 해결해 보고자 평양까지 찾아갑니다. 돈 백 냥만 주면 어머니와 처자식을 먹여 살리겠다고 김진희에게 하소연합니다. 하지만 이것이 궁극적인 해결책이 될 수는 없었습니다. 결국 비천한 기생의 도움으로 절망적인 현실을 극복하게 됩니다. 이것은 민중의 시각에서 그린 무능한 사대부의 모습이라고 할 수 있습니다. 민중의 사대부에 대한 비판 의식이 반영된 것이겠지요.

그리고 어사출또 장면에서 각 고을 수령들이 혼비백산 도망하는 모습이며, 비장들의 죄를 물으며 매질할 때 '그 누가 상쾌하지 않으리오.'라고 말하는 모습 등은 당시 민중의 지배층에 대한 불만을 드러낸 것으로 볼 수 있습니다. 암행어사 출또를 통해 자신들에게 억압을 가하는 부당한 권력을 징벌하는 것이라고 할 수 있지요. 그리고 비천한 기생도 돈만 있으면 신분 상승을 할 수 있다는 생각, 이런 점들이 당시 민중의 의식을 반영한 부분이라고 할 수 있습니다.

● 다양한 모습으로 변신하는 옥단춘

'옥단춘'이라는 이름은 《옥단춘전》 외에 다른 곳에서도 자주 등장합니다. 경북 영양군을 중심으로 전래된 〈옥단춘요〉라는 민요가 그 예입니다.

춘아 춘아 옥단춘아 술상이나 차려 온나
우리도 한잔 먹고 과게를 가건마는

과게를 가건마는 너 버리고 내 갈소냐
어이 갈고 어이 갈고 부모 명령 할 수 없다
말계예 부담짓고 마부를 앞서우고
하루이틀 가는길에 기신이도 수수적구이
낭자일이 번번해서 또다시 돌여서니
왜왔어요 왜왔어요 낭군님이 또왔어요
옥단춘이 너를두고 내가갈수 차마없어 돌여섰다
......

남편이 과거를 보러 떠나기 전의 이별 장면과 아내 옥단춘이 보고 싶어 돌아왔으나 이미 죽은 뒤라 한탄한다는 내용입니다. 그런데 이 내용은 소설 《옥단춘전》과는 아무 관련이 없지요. 오히려 《숙영낭자전》의 핵심 줄거리와 흡사해서 《숙영낭자전》의 내용을 민요로 만들면서 '옥단춘'이라는 이름이 삽입된 것으로 보입니다. 그런가 하면 경북 청도 지역에도 〈옥단춘 노래〉라는 민요가 전해지고 있습니다.

깐치깐치 오색 깐치 납작납짝 물어다가
선아당에 집을 지여 그 집 짓든 삼 년 만에
우라부지 서울 양반 우리 엄마 정주댁이
우로래비 동래 부사 우리 싱이 새빌 처자
우리 동생 책칼 선배 이내 하나 옥단춘이
춘아춘아 옥단춘아 그 가락지 누구 주더노
좌수 별감 주시더네 머로 보고 주시더노
인물 보고 주시드네 머라카미 주시더노
안거라야 인물 보자 서거라야 거래 보자
가거라야 뒤골 보자 뒤골 보고 주시더라

옥단춘의 미모를 보고 좌수 별감이 가락지를 선물했다는 내용을 담고 있지요. 그런가 하면 청도군 철마산에는 '옥단춘굴'이라는 작은 동굴이 있는데, 그 동굴과 관련된 전설도 전해집니다. 선녀가 옥황상제의 심부름으로 철마를 타고 산을 넘어가다가 아름다운 경치에 정신을 잃고 쉬는 사이 나무꾼과 사랑에 빠지게 되었는데, 그사이에 철마는 산을 넘어가 버렸다고 합니다. 옥황상제가 노하여 선녀를 옥단춘이라는 기생으로 환생하게 하여 이 굴속에서 태어났다고 합니다. 옥단춘은 지난 일을 반성하고 평생 풀만 먹고 살았다는데, 이 풀은 '옥단춘나물'로 불린다고 하며 지금도 그 일대에 자생한다고 합니다.

대전 대덕구에는 〈이혈룡과 김진희〉 설화가 전해지고 있는데 내용은 《옥단춘전》과 비슷합니다. 《옥단춘전》의 내용에 다른 제목으로 구전되는 것입니다.

그런가 하면 신화 〈당금애기〉에도 옥단춘이 등장합니다.

> 한편, 당금애기와 한날한시에 김씨 집안과 최씨 집안에서도 딸아이가 탄생했다.
> "당금애기 받들라고 하늘에서 내린 복덩이로다."
> 당금애기의 아버지는 아이들에게 '금단춘'과 '옥단춘'이라 이름을 지어 주고 당금애기와 함께 크게 했다.

이런 사실들을 종합해 보면 당시에 《옥단춘전》이 널리 읽혔다는 사실을 알 수 있습니다. 소설이 널리 읽히고 입으로 전해지면서 다른 이야기와 다양하게 결합한 것이지요.

《옥단춘전》을 읽으면서 민중들이 우정과 신의를 얼마나 소중한 가치로 여겼는지도 생각해 볼 수 있을 것입니다. 신의를 저버렸던 김진희는 결국 천벌로 벼락을 맞아 시신도 남기지 않고 사라집니다. 갈등 관계에 있는 이혈룡의 보복이 아니라 하늘의 응징이 가해지는 것이지요. 그리고 기생이지만 한결같은 사랑으로 이혈룡을 보필하여 그를 죽음에서 구하고 마침내 높은 벼슬에 나아가도록 만든 뒤 신분이 상승하게 되는 옥단춘도 눈여겨볼 부분입니다.

결국 《옥단춘전》은 당시 민중들이 소중하게 여기던 가치와 염원을 담은 작품으로 볼 수 있을 것이며, 신의를 소중히 여기는 마음은 오늘날 더욱 귀중하게 새겨야 할 가치가 아닌가 합니다.

함께 읽기

《옥단춘전》은 왜 《'옥단춘'전》일까?

⬤ 이야기 앞부분에서 정승 김정과 이정이 꾼 꿈은 소설의 주제나 내용과 어떤 관계가 있을지 생각해 봅시다.

⬤ 연광정 잔치판에 이혈룡이 나타났을 때 김진희는 미친놈이라며 쫓아내고 대동강에 던지라고 명합니다. 반면 옥단춘은 이런 처지의 이혈룡을 사공들에게 부탁해서 살려 냅니다. 김진희와 옥단춘이 이렇게 다른 태도를 취하는 이유는 무엇일까요?

● 옥단춘은 기생입니다. 그런데 이혈룡이 옥단춘의 집에 갔을 때 집치장은 화려했고, 서울에다 몰래 이혈룡의 집을 마련해 주고, 가족들에게 생활비도 줍니다. 옥단춘은 어떻게 이런 경제적 부를 마련할 수 있었을까요?

● 이혈룡이 과거에 급제한 뒤 김진희의 악행을 상세히 적어 보고했을 때 임금이 이혈룡의 말을 믿고 암행어사로 보낸 이유는 무엇일까요?

● 옥단춘의 이혈룡에 대한 신뢰와 애정이 드러나는 말과 행동을 모두 찾아봅시다.

● 소설의 마지막 부분에서 벼락이 김진희를 때려 시신도 없어지게 됩니다. 이런 결말
이 가져다주는 효과는 무엇일지 생각해 보고, 김진희가 대동강에 빠져 죽거나 이
혈룡이 김진희를 용서하는 결말과 비교해서 그 차이에 대해 이야기해 봅시다.

◉ 이 소설은 김진희와 이혈룡이 어렸을 때 의리를 맹세했으나 그 뒤에 처지가 달라지면서 김진희가 배신을 하여 이혈룡을 죽이려 했고, 이혈룡은 이 위기에서 구출된 뒤 암행어사가 되어 김진희를 벌하는 내용으로 전개됩니다. 그럼에도 제목은 왜 《'옥단춘'전》일지 생각해 봅시다.

참고 문헌

김일렬, 〈고전소설의 민요화-숙영낭자전과 옥단춘요를 대상으로〉, 《어문론총 16》, 한국문학언어학회, 1982.

김진수, 〈옥단춘전과 대덕구 구전설화 '이현룡'과 '김진희'의 서사구조 비교 연구〉, 《언어연구 22》, 한국현대언어학회, 2007.

서혜은, 〈고전소설에 나타난 기녀의 애정 성취 기반과 그 의미〉, 《어문론총 42》, 한국문학언어학회, 2005.

심영구, 《조선 기생 이야기》, 미래문화사, 2003.

월촌문헌연구소, 《한글필사본고소설자료총서》, 오성사, 1986.

이수광, 《조선을 뒤흔든 16인의 기생들》, 다산북스, 2009.

이성무, 《한국의 과거제도》, 한국학술정보, 2004.

정구선, 《조선의 출셋길, 장원급제》, 팬덤북스, 2010.

조동일, 《국문학 연구 자료》, 박이정, 1999.

차미희, 《조선시대 과거시험과 유생의 삶》, 이화여자대학교출판부, 2012.

최용순, 〈옥단춘전 고〉, 《새국어교육 33》, 한국국어교육학회, 1981.

황패강, 《한국고전문학전집 5》, 고려대학교출판부, 1993.

국어시간에 고전읽기 20

옥단춘전, 헌신짝처럼 버린 의리 한결같은 사랑으로 응징하다

1판 1쇄 발행일 2016년 1월 11일
1판 2쇄 발행일 2020년 10월 26일

기획 전국국어교사모임
글 고용우
그림 경혜원

발행인 김학원
발행처 (주)휴머니스트출판그룹
출판등록 제313-2007-000007호(2007년 1월 5일)
주소 (03991) 서울시 마포구 동교로23길 76(연남동)
전화 02-335-4422 **팩스** 02-334-3427
저자·독자 서비스 humanist@humanistbooks.com
홈페이지 www.humanistbooks.com
유튜브 youtube.com/user/humanistma **포스트** post.naver.com/hmcv
페이스북 facebook.com/hmcv2001 **인스타그램** @humanist_insta

편집책임 문성환 **편집** 김사라 **디자인** 박인규 럼어소시에이션
용지 화인페이퍼 **인쇄** 청아디앤피 **제본** 정민문화사

ⓒ 고용우·경혜원, 2016

ISBN 978-89-5862-981-8 44810

이 도서의 국립중앙도서관 출판예정도서목록(CIP)은 서지정보유통지원시스템 홈페이지(http://seoji.nl.go.kr)와
국가자료공동목록시스템(http://www.nl.go.kr/kolisnet)에서 이용하실 수 있습니다.(CIP제어번호: CIP2015035904)